SAUVÉE À MANILLE
PAR UN CHIRURGIEN AUX MAINS NUES

CHARLOTTE VINCENT

SAUVÉE À MANILLE

PAR UN CHIRURGIEN AUX MAINS NUES

Jacques Grancher

FIXOT

A Gertie et Jurgen Kraus,
A Aimée Perrin,
A Jérôme...

et à tous ceux qui ont su garder
un regard d'enfant.

Scribitur ad narrandum,
non ad probandum.
Quintilien

(De Institutione oratoria)

NOTE DES ÉDITEURS

Nous ne cherchons pas ici à prendre parti pour ou contre les « chirurgiens aux mains nues » de Manille. Nous ne nous engageons pas dans une polémique. Nous n'affirmons rien et ne réfutons rien.

Nous éditons simplement le récit d'une femme dont la sincérité nous a semblé évidente et dont le témoignage, dans sa force et sa simplicité, nous a troublés.

A chaque lecteur, maintenant, de juger.

PRÉFACE

Nous sommes tous soucieux de « raison garder », de conserver sur toutes choses un regard lucide. Lorsque certains êtres ont vécu une expérience exceptionnelle, mais invérifiable par nos outils habituels, nous sommes généralement partagés : d'un côté, notre « mentalité magique », taxée d'infantile, se laisse séduire par ce chant de sirène mais en même temps, nous nous méfions, nous avons peur. Et souvent, c'est la peur d'être ridicule aux yeux des gens raisonnables qui nous empêche de passer de l'autre côté des évidences. Nous ne voulons pas rejoindre la cohorte des crédules, des illuminés, des « doux dingues » qui croient dur comme fer à la vie après la mort, à la réincarnation, à l'existence de l'âme, aux pouvoirs « psy » qui ne sont pas la chose la mieux partagée du monde – peut-être d'ailleurs parce que la plupart d'entre nous fait barrage à ces certitudes fragiles, impalpables, qui nous traversent fugitivement.

Mais, comment, aussi, ne pas avoir peur des certitudes inébranlables! Il y a eu, à propos des guérisseurs philippins, une mode. Elle semblait passée et avec elle, réglé le problème de ces guérisons inexpliquées. On a parlé de truquage, d'exploitation, d'illusionnisme. Et chacun s'est endormi, la conscience tranquille, débarrassé de ces charlatans.

Et puis, un peu partout, ont resurgi de l'ombre des êtres, dotés de pouvoirs de guérison, des magnétiseurs, des gens de bonne volonté qui mettent leurs prières en commun, leurs énergies, leurs « visualisations positives » – de plus en plus utilisées par de « vrais » psychothérapeutes qui essaient de guérir des cancéreux ou grands malades, et y parviennent parfois. Des groupes de prières thérapeutiques se multiplient, çà et là. Et des gens guérissent.

Parfois des médecins – des vrais – rejoignent ces groupes, constatent que le magnétisme curatif a un pouvoir supérieur à ce que l'on a longtemps imaginé. Des médecins, un peu partout, se posent de plus en plus de questions sur le pouvoir de la psyché sur le corps, sur la vraie nature de l'effet placebo. Et ils ne se contentent plus de leur médecine, enseignée en toute séparation des pouvoirs, loin de toute psychologie. Alors ils cherchent ailleurs et trouvent parfois des réponses dans une médecine qui leur parle davantage de « l'homme total », du langage du corps. Médecine holistique, psychosomatique, médecine de terrain, acupuncture, homéopathie, ostéopathie, relation entre l'astrologie – dont le psychanalyste reconnaît parfois qu'elle produit un « thème de naissance » structuré comme l'inconscient – et l'apparition de troubles, leur évolution, leur guérison possible par la prise de conscience, autant de directions de recherche pour de jeunes médecins en quête d'un « plus », d'une réponse cohérente à leurs angoisses face à une médecine de plus en plus iatrogène, mécanisée, livrée à des appareils de plus en plus sophistiqués mais qui privent aussi, de plus en plus, le malade de ce que l'on appelait joliment autrefois le « singulier colloque » entre médecin et patient. Ce « tête-à-tête », cette écoute du malade par le médecin humain, attentif, patient et rassurant, suffisait très souvent à guérir la plupart de nos troubles. Aujourd'hui, il n'y a presque plus d'écrans entre le résultat d'analyses, froid comme un couperet, et la psyché fragile du malade anxieux. Sous prétexte de l'inciter à se prendre en charge, le médecin, trop souvent, lui assène sans précautions oratoires, sans psychologie élémentaire, le diagnostic.

Alors que fait-il, ce malade, étiqueté et jugé bon pour la casse, lorsque le traitement, les traitements successifs, échouent? Il est prêt, soit à se laisser mourir s'il n'appartient pas à la race des battants, soit à voir ailleurs ce qu'on peut lui proposer, à tout mettre en œuvre, à tout expérimenter, le meilleur et le pire, à s'en remettre à ceux qui s'adresseront à sa volonté de guérir, la nourriront, l'exalteront, lui rendront confiance en son propre pouvoir de vie sur lui-même.

Charlotte, sujet de ce récit infiniment bouleversant, a rencontré à Manille un tel être : Alex, guérisseur aux mains nues. Les médecins occidentaux, à coup sûr, hausseront les épaules, conserveront, intact, leur scepticisme. Ils ne croient, tel saint Thomas, que ce qu'ils voient, palpent, comprennent. Mais ils n'ont pas guéri Charlotte, ni Xavier, ni beaucoup d'autres. Alex, lui, a rendu la santé, une vraie santé, à ces malades dont Charlotte est un témoin parmi des milliers.

Alors, que font les guérisseurs philippins? Que fait Alex? Réveille-t-il dans ses patients venus du monde entier, cette foi dans la guérison qui à elle seule, comme à Lourdes, fait des miracles? Peut-être. Et pourquoi pas? Y a-t-il trucage? Peut-être. Mais si cela sert à frapper l'imagination du sujet, à le convaincre de ce qu'il-se-passe-quelque-chose, pourquoi pas? Opère-t-il, comme on l'a dit, le corps subtil, le corps éthérique, cette enveloppe invisible à nos yeux d'Occidentaux aveugles, ce troisième corps? Peut-être. Ce qui est certain, c'est que ses mains savent où se porter, que son regard intérieur perçoit le « mal » dans le corps du patient.

Les auteurs eux-mêmes disent bien leur conviction qu'il existe des charlatans, nombreux, parmi ces guérisseurs. Mais ils disent aussi – et c'est bien ma certitude – qu'on ne peut analyser certains phénomènes avec nos outils dits cartésiens. Il n'est pas question de renier l'approche scientifique. Elle nous a tirés du Moyen Age. Mais il est question, aussi, de ne plus nous couper en deux, de ne plus tourner le dos à l'intuition, à certaines perceptions sensibles, sous prétexte qu'elles ne peuvent produire en laboratoire des effets identiques dans des conditions identiques. « Ça » ne marche pas comme ça. Il faut bien s'en convaincre. Car ce « ça » là est impossible à emprisonner dans des limites, il ne sort pas de bocaux et de cornues, il n'est pas mesurable. On peut s'évertuer à le reproduire, c'est un phénomène capricieux et souvent il suffit de vouloir le décortiquer pour qu'il échappe à tout contrôle.

Il est question ici, d'énergie. De corps matériel et de corps spirituel. Autrement dit, pour les sceptiques-nés, autoprotégés contre tout glissement incontrôlable de leur univers visible, de la « poésie ». Ignorant en cela que la poésie parle en effet un langage de l'âme, de l'émotion, de l'art, lui aussi lié au visionnaire et au magique. Alors, Charlotte et Vincent, par leur témoignage, ne les convaincront pas.

On les renverra parmi les témoins « suspects ». Il y a

heureusement les autres, infiniment nombreux, ceux qui ont gardé le refus de se murer dans des certitudes soi-disant bétonnées, ceux qui ont conservé ouverture d'esprit et possibilité de croire. Ils liront ce témoignage, troublés, ébranlés, convaincus et de toute façon émus. Effleurés, d'une certaine manière, par la grâce. Et c'est celle que je leur souhaite.

Joëlle de Gravelaine

CHAPITRE I

Vincent :

Dans le lit jumeau, Charlotte dort. L'hôtel Ramada dort enfin. Manille dort ou fait semblant... Manille ne dort jamais tout à fait.

L'air conditionné non plus, d'ailleurs.

De crissements en lugubres chuintements, l'air réfrigéré s'enfle ou décroît avec une monotone régularité.

Au bout d'une heure d'insomnie, excédé, je me décide à imposer le silence à cette mécanique grinçante.

Je suis de toute façon parfaitement éveillé. Pour moi, il est à peine six heures du soir et j'ai relativement bien dormi dans l'avion pendant l'interminable voyage de Paris aux Philippines.

Silencieusement, pour ne pas éveiller Charlotte, je me dirige vers la fenêtre qui s'ouvre difficilement.

En quelques instants, je suis inondé de sueur.

L'atmosphère de Manille n'est pas vraiment de l'air : c'est un gaz moite et collant aux épais relents de marécage, aux odeurs inquiétantes de jungle. Un air qui se respire, se mâche, se renifle et s'écoute.

Une rumeur profonde, zébrée par les klaxons impatients des jeepneys * en folie, déchirée par le sauvage hurlement d'une sirène, monte en rampant les sept étages qui nous séparent d'elle.

Elle apporte les nouvelles de la ville.

Le quartier d'Ermita et d'Harrisson plaza vit sa vie prostituée, comme toutes les nuits.

Nous sommes dans ce que les Philippins appellent « midtown » par opposition à « downtown ». Ce n'est ni la banlieue ni Manila. C'est une des constituantes de la mégalopole de Métro Manila.

C'est un quartier d'hôtels, de boîtes de nuit en tous genres, étalé le long de la plage sur la route qui relie l'aéroport au centre ville.

C'est un immense lupanar.

Au hasard de ses rues, de ses bars, des enfants se vendent ou se louent; parfois pour ne pas mourir de faim, peut-être par goût du lucre, par jeu ou par vice.

Des Occidentaux gras et mous traînent leurs yeux sales sur des fillettes impubères aux regards déjà vieux.

Les taxis grouillent, impatients, bruyants; pourvoyeurs indispensables, entremetteurs rusés entre le dollar pédophile, la chair trop jeune et les hôtels complaisants.

La misère attire les mouches, grosses, vertes et grasses. Celle de Manille attire une clientèle de détraqués sexuels qui viennent par charters, salivant à l'avance, se vautrer dans les caresses déjà expertes d'enfants adultes à qui la pauvreté a volé leur jeunesse.

De ses sombres venelles à ses avenues illuminées, le quartier bouffe, truque, fornique.

* Jeepney : sorte de taxi collectif.

Une odeur de vase boursouflée s'en dégage. Mêlée au vent de terre, que la nuit a fait lever, elle impose la senteur douceâtre, la molle putréfaction des villes du Sud-Est asiatique.

Je rêve...

Bercé par cette pulsation si particulière des villes insomniaques, je revois les images folles de cette journée... le film de notre première journée à Manille :

Flou incertain d'aéroports, de foules, de rues... milliers de visages anonymes, taxi, hôtel... « Arrêts sur images » d'une étonnante netteté... Images mal comprises, mal acceptées. Flashes hallucinants, incroyables dont mon éducation, mon ignorance et mes croyances refusent jusqu'à l'évidence, jusqu'à l'existence.

Des doigts pénètrent des corps... rompant les barrières de l'impossible, s'enfonçant dans un thorax.

Un sourire philippin.

Une autre main épongeant du sang, qui ruisselle abondamment.

Un sourire paisible, allemand ou américain.

Et toujours de noires concrétions extirpées des corps éveillés, des doigts qui fouillent des plaies indolores.

Alex, assis sur le bord d'un lit, en tee-shirt, jeune, fluet, ouvre de ses doigts des ventres, des poitrines... pénétrant et fouillant.

Alex extrait du corps lucide et attentif des masses filandreuses qu'il laisse tomber dans un verre.

Son assistante éponge le sang qui coule entre les doigts avec un Kleenex, avant de nettoyer la plaie déjà refermée.

Jorg enfin, souriant, qui semble nous encourager du regard alors que les doigts d'Alex pénètrent son thorax. Il semble nous dire :

« Ce n'est rien, rien du tout.

Qu'est-ce que je vous disais ?

Vous voyez, je ne souffre pas, je ne sens rien. N'ayez pas peur ! »

Et puis, le film s'organise, se ralentit. De spectateurs, nous devenons acteurs.

Nous ne sommes plus témoins : il faut prendre parti, participer.

C'est à nous d'entrer en scène.

Nous n'avons pas quitté l'hôtel Ramada. On nous a simplement demandé de gagner une autre chambre où se sont regroupés d'autres patients.

Alex y a déjà « opéré » un jeune garçon américain accompagné de ses parents et notre nouvel ami allemand.

Il nous attend.

Il ne reste que nous.

Il ne reste que Charlotte.

Moi, je vais bien : je ne suis pas malade... enfin, rien de répertorié.

Seul mon foie, fatigué par des années de repas d'affaires sous toutes les latitudes, pourrait me donner quelques soucis, mais pas plus qu'à sept ou huit millions de mes compatriotes.

Ma santé est excellente et je n'ai aucunement envie de servir de cobaye, après ce que je viens de voir.

Mais j'ai promis, un mois avant, à Paris et c'est le moment de tenir cette promesse.

Il faut que je bouge, que j'agisse.
Je regarde Charlotte.
Pâle, terriblement impressionnée, elle attend que je fasse quelque chose. Son regard est une prière.
Je ne peux plus me contenter d'être accompagnateur, spectateur.

Charlotte a besoin d'aide.
Elle, qui m'a tant aidé, cherche à son tour une main fraternelle.
Elle paraît si faible!
Les cernes noirs qui la creusent font encore plus ressortir l'opacité mate de son regard, jadis si vif et si brillant...

Sur les tempes à la peau fine, aux veines fragiles, les cheveux collés de sueur malgré le climatiseur, témoignent de sa terrible tension, de sa peur et de son espoir insensé.

Près du lit, Alex récupère :
Il attend.

Son regard interrogatif s'arrête sur nous et semble dire : « ... C'est à vous! »

Je ne me pose plus vraiment de questions. Je ne réfléchis même pas.

Je me lève et me dirige vers le lit.

Alex ne me demande rien : il me regarde à peine.

Il me fait signe de m'allonger sur le dos, se recueille quelques instants, puis me demande d'ouvrir ma chemise.

Comme guidées par la mémoire de mes cellules hépatiques, ses mains se dirigent sans hésitation vers la région de mon foie.

Je suis crispé, terriblement tendu.

Je revois ces doigts, pénétrant le ventre de cet enfant quelques instants auparavant, et je me demande un peu effaré, ce qui va m'arriver.

Mille questions se bousculent.

Il va me faire mal... c'est sûr. J'ai été victime d'un trucage, hypnotisé... Je ne sais plus que penser.

Je regarde ses mains se poser sur ma peau.

Pendant un bref instant, je ferme les yeux, comme chez le dentiste quand la fraise de la roulette s'approche.

La curiosité l'emporte.

Je regarde à nouveau.

Les doigts de sa main gauche réunis avec le pouce se posent sur mon ventre en griffant fortement l'épiderme.

Le sang ruisselle aussitôt, immédiatement épongé par son assistante qui se tient à côté de lui.

Sa main droite pénètre alors dans la plaie sanglante : les doigts s'enfoncent profondément, fouillent l'intérieur de mon corps.

J'ouvre les yeux et les referme.

Partagé entre la terreur, l'incompréhension et la curiosité, je sens à peine ses doigts qui me triturent.

A ce moment, il appuie très fort et commence à me faire mal, mais rien de surprenant.

Je ne ressens absolument pas la douleur de la plaie ouverte et ruisselante dans laquelle il s'enfonce. C'est incroyable... c'est impossible. Et pourtant, il n'y a aucun doute.

Il ne peut s'agir d'un éventuel trucage ou d'une manipulation suspecte.

J'éprouve comme une succion à l'intérieur de mon ventre et le glissement d'un corps étranger. Des tissus se séparent de moi, comme aspirés vers l'extérieur.

J'ai un nouveau moment de panique.

Entre mes paupières mi-closes, j'aperçois une masse noirâtre et sanguinolente, de la grosseur d'une noix, apparaître.

Les doigts d'Alex se font plus pressants, et dans un bruit de succion la concrétion s'extirpe, retenue par ses adhérences filandreuses, tandis que se produit au plus profond de moi un arrachement intime, une séparation.

Je n'éprouve toujours aucune douleur réelle et je vois, complètement ahuri, Alex achever d'extraire cette masse noire, l'arracher enfin et la déposer dans le verre à dents que lui tend son assistante.

A aucun moment sa main gauche n'a quitté la plaie qu'elle maintient ouverte.

Il m'adresse un sourire chaleureux alors que j'ouvre à nouveau les yeux, puis referme la plaie en frottant simplement sa main dessus.

Son aide nettoie le sang qui reste et il ne subsiste

qu'une marque rouge semblable à celle laissée par une trituration de la peau.

Aucune trace de plaie, aucune cicatrisation... C'est comme avant, comme si rien ne s'était passé, à part cette légère striure rouge.

Alex me fait signe de me relever.

J'ai un moment d'hésitation... Me relever alors qu'on vient de m'ouvrir le ventre? J'ai l'impression que quelque chose va se décrocher à l'intérieur, que mes organes vont se répandre.

Je referme ma chemise et m'assieds sur le lit... Il ne se passe rien et je me lève, prêt à aller rassurer Charlotte.

Elle s'est effondrée, évanouie en bas du meuble sur lequel elle s'appuyait.

Rosa, la doctoresse qui assiste Alex, lui tapote les joues en lui parlant gentiment et en riant avec deux autres Philippines présentes dans la chambre.

Elles pouffent comme des sottes, se moquant un peu de cette Européenne si craintive qui ne supporte pas la vue du sang.

Charlotte :

Quand Alex a opéré ce petit garçon, j'ai été intriguée, mais pas véritablement impressionnée. Je n'avais pas très bien vu et n'ai pas compris ce qui se passait.

Pour Jorg, l'opération a été plus dramatique. J'ai vu nettement les doigts d'Alex s'enfoncer dans sa poitrine et en retirer des choses bizarres au milieu de la chair sanguinolente.

Mais c'est un inconnu, aucun lien ne m'attache à lui.

J'ai été impressionnée, ébahie, rien de plus.

Mais quand je vois les mains d'Alex ouvrir le ventre de Vincent, fouiller bruyamment à l'intérieur et son sang ruisseler... Tout se brouille.

J'ai l'impression d'être passée de l'autre côté du miroir et mon cerveau se bloque.

« Ce n'est pas possible. C'est contraire à toutes les lois, à toute mon éducation.

On m'a enseigné la douleur, l'anesthésie, la cicatrisation... La réanimation et l'asepsie... Ce n'est pas possible... Pas possible qu'il ne souffre pas.

Ce que je vois n'est pas possible. »

Il me semble passer dans une autre dimension, ou, pire encore, devenir folle.

Tout devient incertain, ondulant... Je ne me contrôle plus. Finalement je déconnecte complètement, et tout devient gris.

Je m'évanouis et ne vois même pas la fin de l'opération.

Quand je me réveille, les deux Philippines me tapotent les joues en se foutant carrément de moi.

Vincent achève de refermer sa chemise et j'ai à peine le temps d'échanger quelques mots avec lui.

Vincent :

Je m'apprêtais à interpeller ces deux idiotes pour leur demander de cesser de caqueter, mais je me calme.

Il n'y a aucune méchanceté dans leurs gloussements de petites filles... De toute façon, tout fait rigoler les Philippins...

D'ailleurs, Charlotte a récupéré.

Elle ouvre les yeux, encore effarée.

« Il t'a fait mal ?

– Non, non... Pas du tout.

– Pourtant... J'ai cru. Tu es sûr qu'on ne sent absolument rien ? – Non mon poussin. Je te jure que tu ne souffriras pas du tout.

Vas-y mon bébé. N'aie pas peur. »

Alex n'est pas impatient : il bavarde avec ses assistantes en riant, détendu. Sans doute se moque-t-il de nos craintes et de nos hésitations.

Avec un sourire d'une grande gentillesse, il invite Charlotte à venir le rejoindre et à s'allonger sur le dos.

A aucun moment, il n'a procédé à une consultation, un interrogatoire, établi une fiche.

Charlotte :

Les quelques mots échangés avec Vincent ne m'ont pas vraiment rassurée.

J'ai mal, j'ai peur et je me traîne jusqu'au lit où m'attend Alex.

Il me fait signe de m'étendre et pose ses mains sur mon front.

Il parle en tagalog avec son assistante, puis s'adresse à moi :

« To day, I will just give you energy. * »

Le docteur Rosa ajoute :

« Le révérend ne va pas vous opérer aujourd'hui. Vous êtes trop faible. Il ne commencera que demain. »

Je me sens bêtement soulagée, comme pour une extraction dentaire soudain repoussée à plus tard alors que le davier était déjà en main.

C'est idiot... j'ai fait un voyage épuisant de vingt mille kilomètres pour être soignée par cet homme. Mais je me sens si faible, si désarmée que l'idée d'un sursis me décrispe et me rassure.

* Aujourd'hui, je vais seulement vous donner un peu d'énergie.

Il pose ses mains sur mon front et se concentre longuement.

Sincèrement, je dois avouer que je ne ressens rien de bien spécial : ni soulagement, ni chaleur, ni fluide, pas plus que d'énergie.

Je suis surtout soulagée de voir l'opération reportée à plus tard.

Vincent :

Charlotte se relève. Elle a l'air moins tendue.

Je dois avouer que je suis un peu déçu.

Je m'étais préparé à du spectaculaire. J'avais espéré un peu naïvement que l'opération terminée, Charlotte allait sauter au bas du lit en riant.

J'avais espéré un miracle et il ne s'est rien passé... Enfin, rien de décisif.

Alex, qui n'a personne d'autre à soigner dans cette chambre, nous rend la liberté.

« Je viendrai demain matin à neuf heures dans votre chambre. En attendant, reposez-vous et détendez-vous. »

Une assistante nous remet une enveloppe dans laquelle je glisse quelques dollars et nous rejoignons notre chambre.

Maintenant Charlotte dort, d'un sommeil agité, inquiet.

Je suis partagé entre l'anxiété et l'espoir.

Peut-être demain, enfin, verrons-nous s'ouvrir une porte dans le tunnel gris qui nous a conduit jusqu'ici, au bout du monde.

Après tant de doutes et de déceptions, après la terrible solitude de la maladie, nous sommes à nouveau deux pour faire face.

CHAPITRE II

Vincent :

Ça avait commencé un an avant.

Enfin... Les premiers symptômes étaient apparus un an avant.

La maladie avait dû commencer beaucoup plus tôt, peut-être des années auparavant, insidieusement.

Nous savions peu de choses de la maladie et Charlotte n'en savait presque rien : elle est de ces races terriennes que la maladie évite ou foudroie, elle avait toujours vécu debout.

Charlotte... Trente-cinq ans, un mètre soixante d'énergie, de bonne humeur, de charme et de joie de vivre. Verseau, ascendant Lion, entre spiritualité inquiète et matérialisme triomphant, les bras ouverts sur le succès, mais aussi sur les autres, sur l'amour.

Élevée à la dure entre Auvergne et Picardie, à quinze ans elle part à New York comme fille au pair. Pendant un an et demi elle suit dans la journée les cours en américain du Y.W.C.A. et poursuit le soir ses études par correspondance en français, tout en torchant deux abominables bambins et en faisant tourner un appartement de six pièces.

De retour à Paris, elle obtient son diplôme de secrétaire bilingue et travaille quelques mois dans l'attente de son visa d'émigrante pour les États-Unis.

A dix-huit ans, elle émigre enfin sur un charbonnier au train de sénateur, au milieu des plus dures tempêtes d'équinoxe.

A New York, où elle partage un appartement avec trois amies, elle économise sou par sou et travaille double.

Un fiancé l'attend en France. Ils ne sont riches ni l'un ni l'autre et doivent patienter chacun d'un côté de l'Atlantique avant de pouvoir se marier.

La mort accidentelle de ce fiancé sera la première déchirure dans cette adolescence laborieuse et joyeuse.

Complètement brisée, elle regagne l'Europe où elle se jette à corps perdu dans le travail.

Elle est tour à tour traductrice, secrétaire, puis monte avec son frère aîné un magasin de meubles et de décoration. Acheteuse pour des grands magasins américains, elle est engagée par un homme d'affaires saoudien qui la charge d'organiser son bureau européen.

A son contact, elle apprendra les subtilités de l'âme orientale et du commerce avec les pays du Golfe, ce qui lui servira beaucoup quelques années plus tard.

Toujours en mouvement, elle crée un réseau de distributeurs pour une société italienne et organise leur bureau de vente. Finalement, à partir du Moyen-Orient, elle va sillonner le monde musulman, de l'Afghanistan à la Mauritanie, pour y former des revendeurs et négocier avec les centrales d'achat.

Pendant des années, face à des concurrents puissants, multinationales de l'électroménager, elle va parcourir le monde arabe, enlevant à la barbe des rivaux, médusés par tant d'audace, des contrats fantastiques pour le compte de la société italienne qu'elle représente.

Elle y met sa joie, son enthousiasme, mais aussi un sens du détail et de l'achevé qui séduisent les acheteurs arabes, peu habitués à se faire bousculer par une petite bonne femme débordante d'énergie.

De vols de nuit en décalages horaires, d'hôtels crasseux en palaces impersonnels, de négociations au couteau en contrats à rebondissements multiples, elle lutte, court, vole... et gagne.

Tout va bien. Elle fonce et bouscule les obstacles et elle ne le sait sans doute pas, mais la deuxième faille est là... dans cette année où, refusant les premières fatigues, les premières migraines, elle continue à sillonner le Maghreb et le Moyen-Orient.

Je la vois serrer les dents, refuser le repos, sauter les vacances pour aller au bout d'un contrat, ne pas laisser une plage d'ombre dans une négociation, un doute dans un projet... et, petit à petit, s'épuiser.

Mais, en fait, je ne vois pas grand-chose à ce moment-là. Elle non plus, sans doute.

Charlotte :

Si j'y réfléchis un peu, jusqu'en 1980 je n'ai jamais eu de problèmes de santé.

J'étais dans une forme éblouissante, dotée d'une énergie tout à fait exceptionnelle.

Quand je dis exceptionnelle, je veux dire qu'avec les cinquante pour cent d'énergie qui me restent aujourd'hui, je me sens infiniment plus tonique que la plupart de mes contemporains.

Si je regarde un peu en arrière et essaie de comprendre, je pense avoir subi dans cette dernière année trois ou quatre chocs qui ont détruit ce bel équilibre.

D'abord une grossesse qui s'est très mal passée et très mal terminée : elle a laissé des traces dans mon couple et dans mon psychisme.

Un chauffeur irakien qui a essayé de me violer, auquel j'ai échappé je ne sais encore comment.

Puis, dans un pays arabe : la peur panique, viscérale d'être arrêtée, emprisonnée, sans pouvoir prévenir qui que ce soit, coincée entre les manigances prévaricatrices de certains groupes d'achat et le zèle purificateur des services de sécurité.

De retour chez moi : une violente éruption de boutons et de pénibles dérangements m'ont alors fait croire que j'avais éliminé ce stress, mais les choses sont sans doute plus compliquées que ça, et les traces profondément inscrites quelque part.

Pour couronner le tout : un voyage Rome/Beyrouth où le Boeing de la MEA fut pris dans un orage terrible; où, pendant vingt minutes, nous avons cru, équipage et passagers, notre dernière heure arrivée... L'avion dans un maelstrom, chahuté comme une feuille d'automne, tombant de trous d'airs en rafales, tandis que des éclairs sillonnaient la cabine dans un bruit de fin du monde.

Là aussi, il m'a fallu plusieurs jours pour me remettre.

Je pense que cette série de chocs, ajoutée au rythme un peu fou d'une vie de voyages permanents dans des pays difficiles, commence à détraquer la machine.

Je sens ma belle énergie s'effriter et m'échapper.

Je suis fatiguée, mal dans ma peau, mais je n'y accorde pas encore beaucoup d'attention.

Je n'ai ni l'envie, ni le temps de me pencher sur mes petits bobos.

Je finis quand même par écouter les conseils d'une amie et vais consulter un médecin dont le diagnostic est généralement infaillible.

Après m'avoir longuement examinée, il penche finalement pour un œdème circulatoire relativement grave.

Effectivement, je me boursoufle de partout : j'ai pris quelques kilos et décide d'être obéissante en suivant à la lettre ses prescriptions, pendant les deux mois du traitement.

Jusqu'à cette époque, je n'avais jamais pensé émettre un doute sur la compétence des praticiens. S'il m'arrivait d'être malade, j'allais voir le médecin chargé de ma maladie. Je suivais le traitement indiqué et c'était tout : point.

Ce n'était pas la foi du charbonnier, mais j'avais globalement confiance et j'étais prête à suivre les indications que l'on me donnait.

Donc, pendant les deux mois prescrits, je me conforme rigoureusement au traitement proposé, sans la plus légère amélioration.

Je suis de plus en plus fatiguée, mais je continue malgré tout à prendre des avions, à voler de pays en rendez-vous, à passer des heures pendue au téléphone ou au telex, comme avant.

Ça se passe de moins en moins bien dans mon travail : il y a des problèmes dans les pays arabes et, à Beyrouth, la vie n'est plus possible.

En fait, c'est surtout moi qui réagis moins bien, qui ai moins de facilité d'adaptation, moins de dynamisme.

Les deux mois de traitement sont terminés et je me sens encore plus mal qu'au début.

Je suis faible et commence à avoir des migraines en série.

Je n'ai pas encore peur. Je voudrais seulement savoir ce que j'ai et décide de prendre ma santé en main comme un dossier, comme un contrat à négocier.

Pendant les trois mois suivants, je consulte une quantité impressionnante de docteurs.

Ne résidant pas en France, je n'ai ni médecin traitant ni Sécurité sociale et dois me satisfaire d'une médecine de relations.

Il y a toujours, dans notre entourage, quelqu'un qui connaît le docteur X ou a entendu dire le plus grand bien du docteur Y. Je suis bien obligée de m'en contenter.

J'ai encore confiance : je prends des rendez-vous, réponds à des interrogatoires. On me palpe, me sonde, me questionne, m'analyse, et je tâche de conserver mon sang-froid devant ce déferlement de diagnostics et de traitements.

En trois mois, avec la même assurance, on me découvre de la spasmophilie, un œdème circulatoire, un problème de surrénales, d'hypothalamus, d'hypophyse, une méningite chronique et une encéphalite aiguë... Ouf!

On m'a proposé quantité de traitements que je me suis refusée à suivre, ne voulant pas perturber les symptômes réels par des médications inadéquates.

Je suis découragée et j'en arrive même à voir un radiesthésiste qui se propose de me magnétiser.

Tout cela ne me fait pas avancer d'un pas, et ne produit aucun effet notable.

Je m'affaiblis de plus en plus, au milieu de cette ronde, sans entrevoir de porte de sortie.

Je retourne voir mon chiropracteur qui me trouve complètement vidée de toute énergie. Il me manipule et me recharge comme une batterie à plat. Mais, il me l'avoue très vite : mon énergie disparaît presque aussi vite qu'il me la fait récupérer, comme s'il y avait un court-circuit.

A ce moment-là, je commence vraiment à souffrir : des reins d'abord, puis de la tête. Les migraines ont cessé d'arriver par vagues comme dépressions en novembre : C'est maintenant une douleur permanente que les doubles ou triples doses d'Aspegic ou de Migralgine n'apaisent pratiquement plus.

Je suis de plus en plus assommée et nauséeuse.

Sur une ultime recommandation de la cardiologue qui soigne mon père, je vais consulter le docteur Ch.

Cette cardiologue, qui a sans doute tiré mon père d'un mauvais pas, m'en a dit le plus grand bien, et j'ai confiance.

Après m'avoir reçue, avec Vincent, à dix heures du soir, il me fait subir un interrogatoire d'une heure et demie qui me fait bien augurer de son sérieux.

Il me palpe, me tripote, m'ausculte, et me propose une longue liste de tests pour le foie et la thyroïde.

Quand nous revenons, une semaine plus tard, il avoue ne rien trouver de flagrant de ce côté.

Il me pose à nouveau un certain nombre de questions et finalement, m'inflige son diagnostic...

J'aurais aimé être en bonne santé pour en rire...

D'après lui, je souffre d'une part de la dépression du P.D.G. (sans doute une maladie très chic) et d'autre part, je bois.

La dépression du P.D.G., m'explique-t-il, est essentiellement due à la déperdition d'énergie que ressent l'individu parti de très bas, au moment où, arrivé très haut, il touche enfin au but.

Puis, ses questions se font insidieuses, devant mon peu d'enthousiasme pour sa dépression des classes dirigeantes.

« Au cours des repas, buvez-vous cinq ou six verres de vin ? Ou plus ? Un demi-litre, ou une bouteille ?

Et combien d'apéritifs ? de digestifs ? »

J'ai beau lui expliquer que, depuis toujours, je n'ai que très rarement bu plus d'un verre de vin par jour, il persiste et me propose un traitement pour déprimée alcoolique à base de tranquillisants et d'antidépresseurs.

Me prenant à part, il me conseille enfin de moins travailler et surtout de ne plus boire en cachette.

Je repars furieuse; furieuse de ce gâchis, de cet argent dépensé en analyses inutiles, de ce temps perdu : effarée par son incompétence et son ton péremptoire et définitif.

J'en ai complètement marre...

Je suis de plus en plus épuisée.

Puisque je n'arrive à rien en voyant, un par un, des médecins qui se contredisent, je décide d'aller faire un check-up complet à l'Hôpital américain.

J'ai droit au grand jeu : analyses, prises de sang, radios, interrogatoires, tension, électrocardiogramme, électro-encéphalogramme, des kilos de papier, de diagrammes, pour me retrouver, en fin de parcours, devant le responsable de mon dossier : il ne comprend rien à l'origine de mes douleurs.

A priori, rien dans ces analyses ne révèle de dysfonctionnement précis, de lésions caractérisées.

Il hasarde que c'est peut-être psychosomatique, ou allergique, et que de nouvelles analyses...

Je me sauve en courant.

Je devrais être rassurée par cette absence de signes cliniques précis, mais je me souviens de mon ami Aziz, sortant, deux ans auparavant du même check-up dans le même hôpital, avec un dossier blanc comme neige et un certificat de bonne santé. Quatre mois après, il s'éteignait dans des souffrances horribles à l'hôpital Gustave Roussy de Villejuif, rongé par un lympho-sarcome.

Je commence à m'inquiéter sérieusement.

J'ai vu tellement d'amis, au cours de ces dernières années, suivre le même tunnel d'incertitude, être pris dans la même ronde de diagnostics, pour s'entendre dire, trop tard, qu'ils souffraient d'un cancer (quand on le leur disait...) et qu'ils venaient trop tard... « Ah, s'ils étaient venus trois mois plus tôt! »

Ils étaient venus mais on n'avait rien vu.

J'ai beau me raisonner, je ne peux m'empêcher d'y penser.

Ça se détraque de plus en plus.

Je commence à avoir des troubles du langage. Je fais de la dyslexie et d'involontaires contrepétries.

Au début, ça fait beaucoup rire... Après, moins.

Je ne sais plus de quel côté me tourner, je ne sais plus qui voir, comment agir.

Je ne supporte plus le bruit et la lumière m'insupporte.

J'ai l'impression qu'une bête, une sorte de crabe fouisseur, s'est installée à la base de mon crâne et me dévore le cerveau.

Il me semble qu'il est devenu trop volumineux pour ma boîte crânienne et que la pression va la faire éclater.

Et puis, pas plus que tout, mais presque autant que le reste : je me sens terriblement seule, abandonnée.

J'ai l'impression que ceux qui m'aimaient, ceux qui disaient m'aimer, ne m'appréciaient que gaie, dynamique et brillante.

Je me sens diminuée : personne ne peut comprendre. Le décalage est trop soudain, entre ce que j'étais et ce que je suis devenue... Ils ne comprennent pas et je m'isole de plus en plus.

Vis-à-vis de l'extérieur, je dissimule le mieux possible.

Je sais que c'est bête : si j'avais mal au foie ou à l'estomac, j'en parlerais sûrement plus librement.

J'ai peur de ne pas savoir terminer une phrase, d'avoir un trou de mémoire. Je me rends compte que les idées m'échappent, les prénoms, les noms, les dates... Tout se dilue.

Mais ce qui me fait le plus mal, me désarme et me rend encore plus triste, c'est de voir Vincent s'éloigner peu à peu de moi.

Cette maladie qui me ronge hypocritement, à laquelle personne n'arrive à donner un nom précis, un visage identifiable, lui reste étrangère.

Je sens que mes migraines le lassent et que mes somnolences l'ennuient.

Il y a tout à coup césure dans le couple... Des années de bonne santé, de dynamisme partagé ne l'ont pas préparé à affronter la rupture de la maladie, le déséquilibre.

J'ai besoin de lui, besoin d'aide et de tendresse, d'amour; et il me traite comme une oisive capricieuse.

Je me sens seule, terriblement, face à « quelque chose » que je ne peux pas identifier, qui grandit en moi et m'effraie.

Vincent :

Je me demande ce qu'elle peut bien avoir.

C'est déconcertant, et irritant.

Comme l'affirmait le dernier cancre qui l'a examinée : on dirait une femme qui boit.

Pourtant, je sais bien qu'il n'en est rien. Il doit y avoir autre chose... Mais quoi ?

Elle devrait s'arrêter, se reposer un mois ou deux, et puis se mettre au régime, ça ne lui ferait pas de mal...

Voilà ce que j'ai tout d'abord imaginé. La première déchirure m'avait échappé, et je n'avais pas plus remarqué les autres.

Je ne me souviens que de ces migraines de plus en plus fréquentes et de ces fatigues énervantes pour moi, habitué à son mouvement perpétuel, à son énergie inépuisable.

Je ne me souviens plus très bien, pour n'y avoir pas suffisamment prêté attention.

J'étais alors paisiblement assis autour de mon nombril, très attentif à moi-même, et content d'être aimé par une femme aussi déterminée et responsable.

Je trouvais bien pratique cette compagne dynamique et organisatrice qui assumait, dirigeait, réparait mes oublis et pensait aux anniversaires, aux amis, aux parents, aux autres et à moi...

Et là, ça n'allait plus...

Il commençait à y avoir du relâchement dans le service.

Je la crois seulement fatiguée et je ne comprends pas ce qui rend ses gestes flous et ses phrases incertaines.

Je ne sais rien de sa souffrance et de ses épuisements.

Je ne comprends pas son refus de la plage encore déserte, ou même de sa chaise longue sur la terrasse.

Elle ne veut que dormir, dormir et encore dormir.

Ça m'énerve et j'en deviens désagréable.

Je ne me rends compte de rien.

Elle pleure de douleur, d'épuisement et de solitude pendant des heures, et moi je râle, sentant vaciller les piliers de notre vie domestique.

Je suis muré dans mon égoïsme de mari trop gâté, et je ne réagis pas.

Elle est seule et triste.

CHAPITRE III

Charlotte :

Mes journées sont de plus en plus pénibles, de plus en plus lourdes.

J'ai envie de pleurer sans arrêt.

Hurler de douleur contre ces vagues incessantes qui me font éclater la tête et me brouillent le regard; hurler de rage et d'impuissance devant le trou noir de ma vie.

Je n'ai que des questions, des milliers de questions, et si peu de réponses; personne pour me comprendre, ou au moins me rassurer.

Quand je fais l'inventaire de mon corps, je ne comprends plus rien : il m'échappe et s'affole.

Je souffre de la tête sans relâche. La lumière me fait mal, le bruit m'assomme. De fréquentes nausées m'épuisent complètement, me plongeant dans de vertigineuses spirales dont j'émerge hébétée.

Il me semble qu'un immense tambour cogne dans ma tête au rythme du sang dont chaque pulsion résonne dans mon crâne.

C'est comme une pince énorme qui enserre ma tête dans une étreinte d'acier. Un être nouveau s'est installé dans mon cerveau et y organise la souffrance, y gère la douleur sans fin.

Je souffre jour et nuit, avec de très rares rémissions, de plus en plus rares, de plus en plus courtes.

Mes facultés s'en ressentent de plus en plus. J'ai du mal à parler correctement : les mots se suivent sans ordre, sans logique, s'emmêlent et se déforment.

Je n'arrive plus à marcher normalement et à coordonner mes gestes, comme si les ponts étaient rompus entre mon cerveau et ma logique. Mes jambes, mes mains, ma langue semblent entrées en rébellion contre moi, cherchant à établir un ordre nouveau.

Et petit à petit... La peur, la vraie peur s'empare de moi.

Je n'ai toujours aucun résultat, aucune réponse sensée. Pendant des mois, j'ai effectué toutes les analyses demandées, subi tous les tests : renvoyée d'un médecin à l'autre comme une boule de flipper.

Je m'épuise un peu plus dans ces visites incessantes : d'hôpitaux en cliniques, de laboratoires en consultations privées.

Je suis entourée de spécialistes. S'ils n'ont pas de diagnostics à proposer, ils ont en revanche des quantités d'excellents traitements... en attendant, pour voir... et cela, je n'en veux à aucun prix. Je ne veux pas servir de cobaye.

Tout cela me paraît incohérent et contradictoire et m'ôte toute envie de privilégier un traitement plutôt qu'un autre.

J'en ai marre.

J'ai mal... J'ai mal... J'ai mal.

Vincent :

L'été est arrivé.

Nous sommes installés en Espagne, au bord de la mer, dans un décor de rêve, et Charlotte se confine, s'ensevelit dans l'ombre de sa chambre.

C'est charmant!...

Charlotte :

La lumière trop blanche, trop crue de la Méditerranée, m'aveugle et me fait mal.

Les cris des enfants jouant dans la mer ou plongeant du rocher, le rugissement des moteurs hors-bords, le ressac des vagues les jours de vent, m'épuisent et me vrillent la tête.

Tout m'agresse et me déchire.

Je n'ai pas envie de me mettre en maillot, de me montrer. Je me sens gonflée, laide et gauche.

Mon élocution se fait de plus en plus difficile.

Je m'écoute avec stupéfaction ânonner des phrases bêtes, commencer des démonstrations sans arriver à les terminer, et je pense à Brassens regardant la radiographie de son crâne : « Un petit truc d'un dixième de millimètre qui claque dans ta tête et tu baves sur ta cravate. »

Si ça continue, c'est ce qui va m'arriver, et j'ai peur de ce cerveau qui m'échappe.

J'ai peur de l'inconnu autour de moi, de ce monde nouveau où je ne contrôle plus rien.

J'ai peur...

L'été s'écoule tristement. Je n'ai pas de solution, pas de point d'appui... Au milieu de nulle part... Seule.

La mer bleue de notre île espagnole, notre maison accrochée aux rochers, toute cette douceur dont j'ai voulu nous entourer, tout m'indiffère et m'échappe.

Il n'y a que la douleur et moi... seules.

Nous venons passer quelques jours en France où un déjeuner annuel réunit toute la famille.

Je ne suis pas encore trop dégradée physiquement... Bien maquillée, bien coiffée, et bourrée d'analgésiques, j'arrive à dissimuler mon état.

J'ai quelques hauts au milieu de tous ces bas, et je fais encore illusion.

Octobre arrive, et je reste à Paris.

Tout s'aggrave et se bouscule.

Je vacille en vertiges incontrôlables en marchant, et mon problème d'expression se fait de plus en plus inquiétant.

Il me semble que les idées clairement formulées dans ma tête ne pourront pas s'énoncer correctement. J'ai peur de m'embrouiller et m'angoisse encore plus, au point de bafouiller réellement.

Aussi, la plupart du temps, je préfère me taire, m'isoler des autres, plutôt que d'être ridicule.

Je vois toujours mon chiropracteur qui ne saisit absolument pas ce qui m'arrive.

Je tourne en rond, effrayée.

De plus en plus souvent, je pense au cancer. Chaque jour, j'apprends le décès d'un proche, d'une vedette, le combat d'un ami qui s'étiole en chimiothérapie, la rémission d'un autre. Insidieusement, cette idée s'impose : « Un cancer pris à temps est presque toujours guérissable »... Mais alors, qu'attendent-ils pour le trouver ?

Une amie me parle alors du docteur B : contre l'avis de nombreux confrères, elle a diagnostiqué ce dont souffrait son mari et l'a sorti d'affaire après un traitement de deux ans.

Un nouvel espoir.

J'aime assez l'idée de cette femme, peut-être plus futée que les autres, plus opiniâtre sans doute, pour aller ainsi au bout d'un problème. Peut-être aura-t-elle la patience de chercher et de comprendre.

Qu'est-ce que je risque, après tout ?

Seulement un peu d'argent et une nouvelle déconvenue.

Quelques jours plus tard, elle me reçoit très gentiment.

C'est une dame âgée, patiente.

Elle m'examine très minutieusement, sans se presser, allant même jusqu'à prendre mes pouls d'acupuncture qu'elle appelle mes pouls chinois.

Elle me trouve complètement épuisée.

C'est vrai : je n'en peux plus, et je commence à perdre la mémoire.

Je m'énerve en me rendant compte de ces oublis... Je perds les pédales, je transpire et ne sais plus où j'en suis.

Ma filleule, venue de Bayonne passer quelques jours

avec moi, m'accompagne dans toutes mes démarches. Elle me rassure à chaque instant et me console du haut de ses quatre ans.

« Tu les as sur le nez, tes lunettes... Tu avais laissé ton parapluie. Tes clés ? Tu les as dans la main ! »

Le docteur B. propose de me faire un dosage hormonal, plus une série de tests, dont certains avaient déjà été faits.

Encore de l'argent foutu en l'air, et peut-être pour rien.

A la seconde visite, après s'être longuement penchée sur les résultats de mes tests, elle me communique son diagnostic :

« Vous avez un œdème généralisé, avec beaucoup trop d'eau dans le corps, et une pression anormalement forte dans le cerveau. »

Elle est très sûre d'elle, très convaincante.

J'ai envie de la croire et d'accepter un nouveau traitement.

Celui-ci est, paraît-il, très énergique : il doit, dans un premier temps, réduire l'œdème et atténuer la douleur.

Je me retrouve avec un assortiment coloré de pilules, de gélules et de calmants, que je commence à prendre immédiatement. J'emporte le tout en Espagne où nous repartons la semaine suivante.

Patiemment, scrupuleusement, je suis le traitement prescrit.

Il ne se passe rien... Un cautère sur une jambe de bois... Aucun effet, aucun résultat.

Je suis toujours aussi gonflée, aussi épuisée, et la douleur, complètement installée, a pris possession de ma tête pour ne plus la quitter.

Tout m'agresse et me fait mal. Je ne supporte plus rien ni personne.

Ma mère est avec nous et ne sait que faire pour moi. Je fais l'effort de lui parler, mais c'est insupportable... Ma voix résonne dans ma tête comme un tambour.

Elle est complètement effarée en réalisant que je rédige mon testament.

J'ai beau lui expliquer que la rédaction d'un testament n'a jamais fait mourir personne, que c'est une pratique tout à fait courante : rien n'y fait.

Pour maman, parler des choses tristes finit par les faire arriver, et la mort fait partie des sujets tabous, des interdits que l'on n'aborde pas.

Elle pleure : ... « Faut pas dire des choses comme ça... Faut pas parler de ça. »

Comme si nous étions immortels.

J'ai beaucoup de mal à la consoler.

Pendant plusieurs jours, avec un calme qui m'étonne moi-même, je prépare « l'après » et je mets tous mes papiers en ordre.

J'ai trente-six ans et l'impression qu'il ne me reste que très peu de temps à vivre.

Je commence à accepter, à baisser les bras.

Un jour, profitant d'une rémission, je décide de sortir et de faire quelques pas.

Je monte précautionneusement l'escalier noyé de bougainvillées, qui de notre maison permet de rejoindre la route située vingt mètres plus haut, quand à un détour, je rencontre Jurgen.

Nous bavardons quelques instants, échangeant des banalités de bon voisinage, mais rapidement il s'étonne de ma mine, me questionne et s'inquiète.

Pour que Jurgen le remarque je dois vraiment avoir une tête à faire peur.

Je sais que sa sollicitude n'est pas entièrement désintéressée :

Jurgen est un Allemand richissime.

Il a fait fortune dans l'immobilier et envisage de m'intéresser à une affaire qu'il monte aux États-Unis.

Depuis des mois, je repousse sans arrêt le voyage prévu, et il s'impatiente sans doute de ma passivité et du retard apporté au projet.

En plus, je n'ai aucune envie de lui décrire mes symptômes, ni d'évoquer la dyslexie ou les bafouillages qui m'affligent.

J'ai beau me raisonner, je trouve cette maladie humiliante.

Je me sens diminuée. Et, dans ce monde impitoyable des affaires, il vaut mieux ne jamais laisser entrevoir une faille, une faiblesse à un éventuel partenaire.

J'admets donc la gravité de mon état, tout en restant assez floue sur un diagnostic que je continue d'ailleurs à ignorer.

La réaction de Jurgen me laisse un peu déconcertée.

« C'est vrai. Vous n'avez pas l'air très en forme. Mais

alors! Que faites-vous sur votre terrasse à attendre je ne sais quoi?

A l'heure qu'il est, vous devriez déjà être chez mon ami Alex à Manille. et vous seriez guérie. »

Je suis dubitative, totalement. On m'en a déjà tellement promis.

« Ah bon! Et il va me guérir comment, votre ami de Manille? »

Jurgen reste dans le vague.

« Il va vous guérir, c'est tout. Vous verrez : c'est très simple. »

Bien élevée, je l'écoute. Mais je ne l'écoute que d'une oreille. Le docteur B. m'attend en France pour la suite.

Elle pensait, après la première phase du traitement, quand l'œdème aurait régressé, me faire entrer à l'hôpital pour des radios de la selle turcique et éventuellement un scanner.

C'est ce que je dis à Jurgen.

« Attendez un peu. Dans quelques jours je rentre en France où il est question de m'hospitaliser. On doit me faire des examens complémentaires et à ce moment, j'aurai un bon dossier et je pourrai aller voir votre ami.

Au fait, quelle est sa spécialité? »

Mimique d'incompréhension de Jurgen.

« Eh bien oui... C'est un neurologue? un chirurgien? un...

– Non, non. Rien de tout cela. C'est un guérisseur, un chirurgien à mains nues et, entre nous, il n'a vraiment rien à faire de votre dossier. »

J'ouvre de grands yeux.

D'abord, ce genre de déclaration ne ressemble guère à Jurgen, qui n'a rien d'un « baba cool » illuminé.

C'est un homme réaliste : froid, ambitieux et travailleur. Tout le contraire de la clientèle habituelle de ces gens-là, pensai-je. Et puis, pour moi, les guérisseurs, qu'ils soient philippins ou vaudous, c'est charlatanisme et poudre aux yeux.

Je le lui confirme assez vertement, mais ça ne le démonte pas pour un pfennig.

« Je comprends très bien votre incrédulité. Je vous dirai même que je m'y attendais.

Vous voulez des preuves, eh bien, vous en aurez! Je vais demander à ma femme, qui me rejoint dans trois jours, d'apporter les photos que nous avons faites là-bas... Vous verrez bien. »

Quelques jours plus tard, Gertie arrive de Dusseldorf et Jurgen nous invite à venir passer un moment chez eux.

Pendant qu'elle va chercher les photos, nous nous installons sur la terrasse, sans la moindre idée de ce qui nous attend.

Jurgen fait circuler les photos et nous les commente.

C'est absolument surprenant.

Nous voyons sur ces photos un homme à plat ventre...

« Là, c'est moi. »

Un Philippin est assis sur le lit à côté de lui.

« Et lui, c'est Alex : l'ami dont je vous ai parlé. »

Sur une photo, Alex enfonce les doigts de sa main droite dans le dos de Jurgen, tandis que du sang ruisselle sur le côté.

Il y a plusieurs vues assez semblables où l'on voit nettement les doigts pénétrant jusqu'à la deuxième phalange.

Sur une autre, nous voyons ces mêmes doigts extirper de la colonne vertébrale de Jurgen une sorte de caillou blanchâtre.

Puis viennent d'autres clichés où Gertie se fait à son tour opérer par Alex.

Nous les reprenons un par un, les échangeant et les commentant.

Enfin, nous reposons la série de photos : complètement interloqués.

Je suis suffoquée et j'interpelle Gertie.

« Mais enfin, ça doit faire atrocement mal quand il vous enfonce les doigts dans le corps ?

– Absolument pas, je n'ai rien senti. Donnez-moi votre main. On ne sent pas plus que ça... »

Joignant le geste à la parole, elle me griffe très légèrement le dos de la main.

« Vous voyez, ce n'est pas terrible. »

En effet, ça n'est pas douloureux du tout.

Pendant quelques secondes, nos interrogations fusent et s'enchevêtrent, puis l'ordre revenu, nous les bombardons de questions.

« C'est vous qui avez fait ces photos ?

– Oui. Chacun à notre tour.

– A quelle distance étiez-vous ?

– Très près. Peut-être, je ne sais pas moi, entre cinquante centimètres et un mètre.

– Vous êtes sûr qu'il ne peut pas s'agir d'un trucage ?

Jurgen éclate de rire :

– Si c'est un trucage, c'est encore plus fantastique, car je souffrais du dos depuis des années sans avoir trouvé une solution pour me guérir.

Depuis qu'Alex m'a soigné, je ne souffre plus du tout... Cela va faire un an, à peu près. »

Vincent reste quand même dur à la détente.

« Vous ne le savez sans doute pas, mais la télévision française a présenté un film tourné par une équipe de professionnels sur ces soi-disant guérisseurs de la foi.

Il leur a été très facile de prouver qu'il s'agissait de trucages et d'habiles supercheries.

Les cancers, tumeurs et concrétions humaines qu'ils semblaient extirper étaient en fait des foies de poulets et divers viscères animaux préalablement dissimulés sous des paquets de coton hydrophile, qui masquaient l'opération.

Jurgen ne se laisse pas démonter pour si peu.

– Oui, oui, je connais ce film. Il est passé également en Allemagne où il a suscité beaucoup de polémiques. Je ne nie pas la présence de nombreux charlatans aux Philippines. Il y en a certainement plus que de vrais guérisseurs. Mais ce n'est pas parce qu'il y a eu beaucoup de faux prophètes que le Christ est nécessairement un imposteur.

J'ai vu Alex opérer des centaines de fois et je peux vous garantir qu'il n'y a aucun trucage. »

Tout ce que dit Jurgen nous paraît extravagant, et nous sommes ébranlés... Pas vraiment convaincus, mais curieux d'en savoir plus.

Il est difficile d'admettre ce genre de fadaises quand on vit depuis l'enfance dans le réalisme d'une société conservatrice, l'ambition et la réussite sociale.

Notre éducation religieuse et scientifique s'insurge contre cette transgression des lois élémentaires.

Il y a certainement un « truc »... Il doit y en avoir un...

Et pourtant...

Et pourtant, s'il n'y avait pas de « truc » ? Si c'était tout simplement vrai ? merveilleusement simple et merveilleusement vrai ?

Si les frontières de la mort pouvaient reculer devant les mains de cet homme ?

Si là-bas, en Extrême-Orient, pouvait s'ouvrir une porte sur l'espoir...

Nous n'avions rien à perdre.

C'est ce que me dit Vincent, à peine rentrés.

« Et alors, qu'est-ce qu'on risque d'essayer ? Un peu d'argent, c'est tout.

Si ça ne marche pas, il sera toujours temps de te faire hospitaliser et éventuellement opérer.

Et si ça marche... »

Deux jours plus tard, Jurgen vient chez nous téléphoner à son ami de Manille.

Il lui demande simplement son emploi du temps en novembre et décembre, et lui annonce que je viendrai le voir pour me faire soigner. C'est tout.

Nous le retenons quelques instants.

Nous avons une question rentrée depuis deux jours :

« Comment l'avez-vous connu, Alex ?

– L'année dernière; avec Gertie nous faisions le tour du monde T.W.A. et nous avons fait escale à Manille pour voir un de mes cousins employé à l'agence Siemens.

Je ne sais plus à quel moment je lui ai parlé de mon dos. Je souffrais en permanence, et les docteurs allemands ou américains n'y avaient jusqu'à présent rien compris.

Jorg m'a conseillé de ne pas rester dans cet état... Il connaissait un guérisseur à Manille, et m'a présenté Alex... Voilà, c'est aussi simple que cela.

Alex m'a enlevé quelque chose dans le dos et depuis, je n'ai plus mal.

– Mais pourquoi a-t-il opéré Gertie aussi ?... Elle ne souffrait pas du dos, elle !

– Si, mais c'était autre chose ; elle joue beaucoup de piano et avait toujours mal dans le haut du dos. Alex l'a également opérée en quelques instants, et la douleur a complètement disparu.

– Et votre cousin, comment l'a-t-il connu ?

– Il y a deux ans, il a été nommé à la filiale de Manille. Il avait toujours souffert d'asthme, et le climat humide et chaud ne lui a pas convenu du tout.

Les crises se sont succédé de plus en plus graves, jusqu'à la dernière où il a été hospitalisé.

Il était dans un tel état, les poumons remplis de pus, proche du coma, que l'on a dû surseoir à son évacuation vers l'Allemagne.

Le personnel de l'hôpital était très embêté, peu désireux de le voir mourir chez eux.

Un des Philippins de chez Siemens a proposé alors de faire venir Alex.

Introduit en catimini à l'hôpital, il a opéré Jorg et l'a sorti de son inconscience.

Il l'a assuré d'une guérison possible de son asthme, à condition de lui laisser du temps et de venir le voir régulièrement.

Il l'a soigné encore deux fois à l'hôpital, dont Jorg est sorti trois jours plus tard, puis l'a fait venir toutes les semaines chez lui.

Je ne sais pas si Jorg est encore un peu ou pas du tout asthmatique, mais je l'ai trouvé en pleine forme.

Il continue d'ailleurs à voir Alex de temps en temps et tenait absolument à me le présenter : il le considère comme un type formidable.

Voilà comment nous avons croisé le chemin d'Alex. »

Jurgen parti, nous en reparlons avec passion. Nous avons été façonnés par l'Occident rationnel et matérialiste, et notre scepticisme est résistant.

Nous ne réalisons pas encore réellement : le choc est trop récent, notre culture totalement à sens unique... (de l'hypothèse à la démonstration...) mais c'est à ce moment-là qu'inconsciemment se dessine la première lézarde dans l'édifice bétonné de notre rationalisme.

Plus tard, nous décortiquerons notre éducation et comprendrons mieux combien notre résistance au merveilleux était fondée.

Depuis notre plus jeune âge, nous sommes conditionnés autour d'axes « incontournables ».

Le peuple doit être nourri de certitudes et les interrogations métaphysiques ne sont autorisées qu'aux mandarins.

Le médecin applique des systèmes appris, des recettes

de cuisine, le curé de campagne met en œuvre l'Évangile et laisse les esprits supérieurs s'interroger sur le sexe des anges.

Le seul domaine où les pouvoirs politiques ont dû laisser la place au merveilleux a été tellement mis en cage, en code et en lois que même Dieu et le monde de l'Esprit ont été rangés dans des petites cases bien répertoriées.

Notre époque est matérialiste, c'est une litote de l'écrire. Elle est surtout raisonneuse. Tout doit se démontrer, s'expliquer et se prouver.

Mon Dieu que le bonheur serait simple s'il n'était qu'accumulation d'argent, de possessions, et la mise en œuvre de recettes!

Depuis des années, depuis que l'école, le scoutisme, l'armée, la vie professionnelle et la sacro-sainte pub nous ont pris en main, nous fonctionnons dans le sens demandé; nous nous posons peu de questions et appliquons beaucoup de recettes... Nous sommes les zombis de la démonstration, les enfants de la preuve par neuf.

Et voilà qu'un type qui n'est ni médecin ni infirmier, pas même européen, qui n'a pour tout diplôme que son intuition et la main de Dieu pour seul guide, se permettrait de remettre en cause les lois sur lesquelles reposent benoîtement les piliers de notre science physique et médicale.

C'est un peu dur à accepter et la petite lézarde ne fait à ce moment qu'érafler l'édifice, qu'égratigner nos certitudes.

Nous ne sommes pas en quête de secte ou de gourou... Nous renâclons.

Et pourtant...

Une petite voix encore ténue, s'élève timidement; lueur tremblotante d'une espérance qui n'ose pas encore dire son nom.

« Et si c'était vrai... S'il y avait un espoir là-bas?

Vincent est très excité...

Pourquoi ne pas y aller voir. Il faut tout essayer : nous n'avons pas tellement de temps... »

Nous n'envisageons pas très clairement pourquoi Jurgen voudrait nous expédier à l'autre bout du monde.

Il n'est, à notre connaissance, ni « tour opérateur », ni actionnaire des « Philippines Airlines ».

« Alors, pourquoi pas? » conclut Vincent.

Moi, à la limite, ça m'est totalement égal : j'ai mal, je souffre énormément et vois dans l'éventualité d'une opération à l'hôpital la possibilité de ne plus souffrir.

Je me sens tellement marginalisée par cette souffrance lancinante, que rien d'autre ne m'intéresse. Je souhaite simplement en finir : le moyen importe peu.

J'en viens à souhaiter l'anesthésie, même si je ne dois pas me réveiller, juste pour m'évader de cette douleur horrible, de cette triste prison dont les murs m'écrasent.

Pourtant, je sais viscéralement et intellectuellement qu'une intervention chirurgicale dans le cerveau, au milieu de ces milliards de neurones en mouvement, de ces échanges chimiques si minutieux, ne peut se faire sans déchets, sans laisser des séquelles graves, et souvent irréversibles.

Tout ce que j'ai appris et ressenti me désigne l'origine

de mes désordres... Tout vient de ma tête et, si on doit m'opérer : c'est là qu'on le fera, et pas ailleurs.

La douleur siège dans ma tête : les vertiges, les migraines, la parole défaillante, l'absence de coordination psychomotrice, tout me l'indique.

Pour le docteur B., le doute paraît levé. Bien sûr, sans la tomographie qu'elle attend à mon retour, il lui manque une certitude absolue pour un diagnostic définitif.

Pour le moment, elle hésite entre une encéphalite, une méningite ou une tumeur et d'autres éventualités.

Mon chiropracteur, vu en juin, a été tout à fait formel quand je lui ai parlé de cancer :

« J'y avais également pensé et je vous ai fait subir tous les tests.

Je peux vous le dire avec un risque d'erreur infinitésimal : vous n'avez pas de cancer.

En revanche, je suis à peu près sûr que vous avez un problème encéphalique.

– Quoi exactement ?

– Je ne sais pas. C'est en dehors de mes compétences, et vous devriez consulter quelqu'un de plus autorisé. »

Après cette conversation, il a pris Vincent à part et a évoqué la possibilité de tumeurs, sans plus de précision.

Je ne sais pas exactement de quoi il s'agit. Je ne sais pas s'il y a une tumeur... Je ne sais qu'une chose : cette douleur est atroce, et je n'en veux plus... Je veux la paix, l'absence de souffrance par n'importe quel moyen.

Je considère presque avec soulagement l'éventualité

d'une opération dont la seule idée me faisait horreur il y a peu de temps.

Pourtant, mon corps et mon instinct s'insurgent contre ce charcutage : j'ai une chance sur deux d'en sortir diminuée, handicapée... Je ne sais pas à quel niveau, mais le risque est énorme.

J'en reste d'ailleurs aux idées générales, aux idées reçues : je ne suis même plus en mesure de me documenter sérieusement et d'apprécier les risques en toute connaissance.

Je n'ai plus la force de me battre.

Plus l'idée d'une tumeur, d'une opération prend de consistance, et plus me reviennent en mémoire les images de mon neveu Philippe, mort à sept ans, d'une tumeur cancéreuse au cerveau.

Je retrouve chez moi ses symptômes : prise de poids, ramollissement, œdème, fatigue, troubles du langage, etc.

L'intervention était sans espoir, mais on l'a quand même trépané et opéré... Il faut bien faire progresser la science... La tumeur était bien cancéreuse, mais l'opération inutile : on s'est servi de lui comme cobaye.

S'il avait survécu, il serait probablement resté aveugle et paralysé d'une jambe.

Mais Dieu a eu pitié : il est mort tranquille dans les bras de son père qui l'avait arraché aux apprentis sorciers.

Les souvenirs sont persistants qui me rendent si peu scientifique, si subjective. Mais je ne peux oublier ce chef de service qui discourait avec rondeur, jargonnant avec pédantisme à côté de cet enfant noyé de pansements, rasé, intubé, perfusé, qui agonisait sans se plaindre, et souriait.

Eh bien, malgré tout, malgré ces images, j'arrive à occulter ma peur, tellement j'ai envie de voir cesser la souffrance... Les calmants sont devenus inopérants, et il ne me reste que l'anesthésie : la paix par la narcose...

Bien sûr, il y a Manille, et Alex.

Mais Alex ne va pas m'anesthésier, il va enfoncer ses doigts dans ma tête... Comment pourrai-je le supporter, alors que je ne supporte pas mon crâne en l'état actuel ? Comment admettre cette horreur supplémentaire, alors que j'endure déjà le pire ?

Je ne sais pas, je ne sais plus.

Je veux bien essayer quand même, éviter la facilité de l'anesthésie, tenir encore un peu, mais j'ai tellement peur.

Un jour, avec Vincent :

« Tu m'aimes ?

Il a l'air surpris.

– Bien sûr mon poussin.

– Alors, promets-moi une chose... Tu sais à quel point j'ai peur d'aller voir Alex Orbito, peur de souffrir horriblement...

– Pourtant, tu as vu Jurgen, et Gertie ça avait l'air très paisible.

– Ça n'a rien à voir : d'abord, c'était dans le dos, et ils ne souffraient pas comme moi. Dans la tête, c'est autre chose.

– Alors ?

– Alors voilà... Je voudrais qu'Alex t'opère avant moi.

– Mais je ne suis pas malade, de quoi veux-tu donc qu'il m'opère ?

– Tu n'auras qu'à lui dire que tu as mal au ventre ou dans le dos... Ça n'a aucune importance, puisque tu penses qu'on ne sent rien.

Si tu as mal, si tu sens la moindre douleur, tu arrêtes tout et on rentre à Paris.

Ce que raconte Jurgen, c'est bien beau, mais je veux que tu me le confirmes toi. »

Vincent me promet.

Je me sens un peu soulagée... Au fond de moi, je commence doucement à accepter cette idée folle.

Il faut revenir à Paris.

Vincent doit retourner à Beyrouth, et de là, se rendre à Koweit et à Riyād.

Je mettrai son absence à profit pour tout organiser : les billets, les réservations, et notre séjour à Manille.

Dès son retour, nous partirons.

S'il ne se passe rien là-bas, alors j'accepterai de rentrer dans le rang : je me ferai hospitaliser, et peut-être opérer... On verra bien.

Pour le moment, je me raccroche à cet espoir philippin, car c'est la seule idée force sur laquelle je puisse bâtir un futur.

L'impossibilité où je me trouve d'obtenir un diagnostic

précis me laisse dans un désert : j'use mes dernières parcelles d'énergie à lutter contre des ombres, à suivre des pistes qui n'aboutissent nulle part.

Pour se battre, il est important d'identifier son ennemi, d'en mesurer les capacités et les faiblesses; pour avancer il faut un but et l'idée d'un chemin.

La médecine ne m'a rien apporté de tout cela; je vais chercher une autre route.

CHAPITRE IV

Charlotte :

Vincent est parti à Beyrouth.

Je suis toujours inquiète quand il est là-bas. J'ai peur des voitures piégées, des canonnades, des francs-tireurs et des enlèvements... Cette ville m'effraie.

Je me demande quand finira ce cauchemar?

De là, il doit aller à Koweït et en Arabie. Il ne rentrera pas avant quinze jours.

J'ai rendez-vous chez le docteur B.

Je m'y traîne.

« Alors! Ça va mieux? Mon traitement vous a fait du bien? »

Elle semble un peu contrariée par ma réponse.

Il n'y a eu aucune amélioration de l'œdème ou de la douleur... Rien.

Je plastronne un peu.

« Ça n'est pas tellement important : mon mari a décidé de m'emmener à Manille, voir un guérisseur philippin. »

Je la regarde du coin de l'œil : je m'attends à la voir se

dresser, statue de l'indignation, et m'indiquer la sortie en me conseillant de m'y rendre sans plus tarder...

Au lieu de cela, elle se lève doucement et quitte la pièce, me demandant de l'attendre quelques instants.

J'attends, un peu déconcertée.

Elle revient très vite, avec un album de photos.

Elle s'assied à côté de moi et commence à le feuilleter.

Elle s'arrête sur la première photo.

C'est une jeune femme dont le visage est masqué par un bras nu.

« Vous voyez cette femme que l'on opère ? »

J'acquiesce, éberluée. Cette opération ressemble en tous points à celles que nous a montrées Jurgen.

« Eh bien, c'est elle qui vous a reçue à l'entrée de mon cabinet. C'est ma fille. »

Je regarde mieux le cliché.

On l'opère au-dessous du sein : elle a les yeux fermés, mais semble paisible.

C'est très impressionnant.

Je demande :

« De quoi souffrait-elle ?

– Cancer du fumeur : cancer du poumon. Il y a eu d'abord l'ablation d'un poumon et un léger mieux, mais très vite les métastases se sont installées dans l'autre poumon. Mes collègues ne m'ont laissé que très peu d'espoir, pour ne pas dire aucun.

Au mieux, une espérance de vie de trois à six mois. Ma fille avait trente ans, à cette époque.

Heureusement, une amie m'a aidée. Anesthésiste réputée, le docteur Janine Fontaine s'était rendue, à titre documentaire, aux Philippines, à Baguio.

Elle y avait eu la révélation de l'existence des “ guérisseurs de la foi " et de son propre don de guérisseuse.

Bouleversée par ce qu'elle avait vu et appris, elle y est souvent retournée : elle a été formée par Tony Agpaoa, qui est considéré comme un des plus surprenants et des plus authentiques guérisseurs des Philippines.

Elle n'a pas hésité un instant : elle m'a proposé d'accompagner ma fille à Baguio et de la faire soigner par Agpaoa.

C'était la seule et la dernière chance.

Nous sommes parties toutes les trois et dix jours plus tard, elle était sauvée *.

Elle est revenue en pleine forme et envisage depuis de s'installer aux Philippines, auxquelles elle s'est attachée.

D'ailleurs, vous l'avez vue : elle est à l'entrée, où elle fume comme une locomotive... Ce n'est certainement pas ce qu'elle fait de mieux, d'ailleurs. »

A ce moment, je remarque d'autres photos où il me semble reconnaître le docteur B.

« Et là, c'est vous ?

Elle a un petit sourire contraint.

– Oui, c'est moi : Agpaoa est en train de me retirer quelque chose. Pour lui, j'avais un « futur cancer » du pancréas.

– Vous voulez dire, un cancer pas encore déclaré ?

– Absolument, on pourrait même dire pas encore existant. C'est tout au moins ce que déclare Agpaoa, et je dois dire qu'après la guérison de ma fille, je n'ai aucune raison de ne pas le croire. Pour lui, tous nos cancers sont programmés dans nos cellules. Si notre énergie, pour l'une ou l'autre raison, faiblit, le dérèglement cellulaire

* C'était en 1979. Aujourd'hui, en 1987, cette jeune femme est toujours en pleine santé. Elle vit dans les Alpes du sud, où elle travaille.

pourra se répandre. Si l'on recherche les cellules en énergie vitale, on peut empêcher la maladie de se développer. »

Je suis une nouvelle fois interloquée, et cette fois doublement.

Bien sûr, je suis impressionnée par ces photos, par cette preuve supplémentaire d'une espérance nouvelle.

Mais surtout, je le suis par cette coïncidence, ou cette providence, qui a placé sur mon chemin un des rares témoins, après Jurgen, d'une guérison indiscutable... Comme si l'on égrénait des petits cailloux sur ma route pour me montrer la direction à suivre.

Il ne s'agit pas, cette fois, d'un promoteur immobilier allemand, aux connaissances scientifiques aussi vagues que lointaines, aussi sceptique soit-il.

Mais d'une endocrinologue expérimentée et d'une anesthésiste, d'un cancer du poumon reconnu et d'un pronostic énoncé par des gens compétents et sérieux.

Je verse ces pièces dans mon dossier « Espérance ».

Je lui dis que je ne connais pas Tony Agpaoa et vais voir Alex Orbito à Manille.

Elle en a entendu le plus grand bien et me répond :

« Vous savez, je suis très contente que vous alliez à Manille.

Je suis très contente pour vous parce que vous allez guérir.

– Eh bien, moi aussi, figurez-vous. Mais, dites-moi... M'en auriez-vous parlé, si je n'avais pas abordé le sujet ?

– Non, je ne crois pas... Ce n'est pas mon rôle. »

Je la quitte, un peu réconfortée, et discute quelques instants avec sa fille.

Tout ce qu'elle me raconte me rassure un peu plus. Elle me demande de l'appeler le lendemain, pour me donner des bonnes adresses à Manille et aux Philippines.

Le jour suivant, elle me conseille de lire absolument le livre du docteur Fontaine * qui raconte son expérience et ses voyages à Baguio.

« Vous verrez, vous allez comprendre beaucoup de choses. »

Moi, je n'ai pas envie de savoir, pas envie de comprendre. Je n'ai aucune curiosité...

J'ai simplement envie de ne plus souffrir.

Pourquoi ? Comment ? Ça m'est égal.

Et en plus...

Je n'y crois pas vraiment.

A priori, c'est impossible. Tout en moi refuse ces pratiques occultes.

Je veux seulement être sûre d'avoir tout tenté, ne pas avoir de regrets.

Alors, elle me communique un monceau d'adresses, des restaurants, des hôtels pas chers, des boîtes de nuit.

Je l'arrête :

« Mais vous ne vous rendez pas compte !

Vous avez vu dans quel état je suis. Que voulez-vous que je fasse avec des boîtes de nuit ?

* *Médecin des trois corps*. Depuis, elle en a fait paraître deux autres : *La médecine du corps énergétique* et *Nos 3 corps et les 3 mondes* chez Laffont éditeur.

Elle éclate de rire :

– Si, si, je me rends compte. Mais vous allez voir. Au bout de huit jours, vous vous sentirez très bien. L'énergie reviendra, et surtout... Vous serez guérie.

Je vous assure que vous serez contente d'avoir de bonnes adresses.

Et puis, vous allez faire du tourisme. Vous verrez, c'est un pays d'une beauté inoubliable, et les Philippins sont si gentils... »

Je ne crois pas un mot de ces heureux pronostics, mais je note quand même consciencieusement les adresses et les bons tuyaux. Elle est si mignonne.

Vincent est toujours à Beyrouth. Je voudrais qu'il revienne vite.

Je dois m'occuper des billets et des réservations, mais tout à coup, en l'espace de quarante-huit heures, mon état se détériore complètement.

Je ne peux plus sortir, plus marcher... Je suis très vite incapable de rester debout. Ma seule ressource est de me mettre au lit.

Même la lumière de la lampe de chevet me fait mal.

Je suis dans la pénombre, seule.

La sonnerie du téléphone me vrille la tête.

Je me traîne jusqu'à l'appareil et prends le combiné en tâtonnant.

Au lieu de le porter à l'oreille, je me l'envoie en pleine figure, à plusieurs reprises.

Je ne coordonne plus, mon corps refuse et se rebelle.

Couverte d'ecchymoses, je pleure, choquée, effrayée.

Je ne comprends plus rien. Je ne sais pas ce qui m'arrive.

J'ai été, pendant toute ma vie, tellement fière du bon fonctionnement de mon cerveau, de sa bonne organisation, de ses capacités d'analyse, de synthèse, que le chaos confus de mes actes m'humilie et m'affole complètement.

Il m'est impossible de marcher : je souffre et l'angoisse me noie, me suffoque. Des vertiges permanents font onduler le sol sous mes pieds.

La douleur ne me lâche plus. Je suis épuisée, j'ai froid ou je brûle.

Je ruisselle de sueur et claque des dents alternativement ou en même temps, je ne sais plus. Je me tords envahie de nausées brutales et n'arrive même plus à sortir de mon lit.

Deux jours se passent dans ce cauchemar solitaire... Je voudrais seulement dormir un peu, dormir pour ne plus souffrir, pour mourir un peu, loin de la douleur, de ces éclairs qui zèbrent ma nuit.

Je suis hébétée, sanglotante, désespérée.

Le sommeil ne vient pas, me laissant horriblement éveillée.

Et je reste seule : incapable de bouger, clouée comme un papillon dans ce lit où j'essaie de repousser les limites de ma résistance et de la souffrance.

Petit à petit, je glisse dans un abrutissement épais, dans une inconscience cauchemardesque, entrecoupée de réveils haletants, effarés.

J'ai peur de ces réveils, dans la pénombre menaçante, peur de ce gouffre que je sens autour de moi.

Je découvre la terrifiante angoisse de la solitude face à la mort, ce noir tourbillon incohérent.

Je voudrais tellement vivre, encore un peu, un petit peu.

Je vais mourir toute seule, crever comme un animal, sans personne pour m'aider.

Je n'ai même pas la force d'appeler à mon secours, de me traîner jusqu'au téléphone, je suis prisonnière de mon corps.

J'ai même oublié les prénoms de mes frères, je n'ai plus aucun numéro de téléphone en mémoire et je suis devenue complètement amorphe.

Mes nerfs et mes muscles refusent tout mouvement et restent sourd à mes injonctions.

Je suis devenue un légume. Mais un légume qui se révolte, qui souffre et qui a peur.

Dans mon cauchemar permanent, je suis soudain éveillée par une prescience atroce.

Je sanglote sans pouvoir m'interrompre, envahie par une angoisse totale qui m'étouffe :

« Je vais mourir... Je vais mourir...

J'ai trente-six ans et j'ai envie de vivre, de rire, d'aimer... J'ai tellement à faire encore, à découvrir, tellement d'amour à donner.

Pourquoi moi ? C'est injuste ! Je n'ai jamais fait de mal à personne !

Je sanglote, je hoquète, je suis désespérée.

J'ai peur !

Au secours ! »

Plus tard, j'apprendrai qu'au moment même de cette angoisse, Vincent avait été réveillé dans son hôtel de Beyrouth par une sensation d'anxiété terrible.

Vincent :

Je me suis couché tard; la nuit de Beyrouth est douce et tiède.

Mais à Beyrouth, l'enfer commence souvent avec le crépuscule.

Depuis une heure, les tirs d'armes individuelles ont repris leur staccato meurtrier, ponctués par l'explosion des charges de bazookas.

Au lointain, la canonnade syrienne sur Achrafieh résonne comme un grand tambour de mort.

Dans la nuit, ça prend un aspect encore plus inquiétant malgré le bruit de fond rassurant des klaxons des Beyroutins blasés.

Je suis éveillé, en pleine nuit, par une fulgurante prémonition, une sensation de catastrophe.

« Ma puce va mal, très mal. Elle a peur, elle va mourir... Vite... l'appeler. Lui parler. »

J'essaie de joindre la France : je m'énerve. Il n'y a pas de ligne... seulement des crachouillis, des bruits bizarres.

Je sais qu'elle a besoin de moi : c'est urgent.

Et surtout je sens, plus fort que tout, plus fort que l'égoïsme... que je l'aime et qu'il faut la sauver... Elle est ma vie.

Tant pis pour le Koweït et tant pis pour Riyād.
Il faut rentrer vite, très vite.

Dans l'impossibilité de lui téléphoner, je lui écris : dans cette nuit encore troublée par quelques rafales lointaines, je lui demande pardon pour mon aveuglement.

Je sais bien que je ne posterai pas cette lettre, mais j'ai besoin de lui parler.

Je réalise à quel point je l'ai laissée seule, à quel point je n'ai rien compris à ce qui lui arrivait.

Je perçois mieux la déchirure que la maladie a provoquée au milieu de notre couple.

Nous étions ensemble parce que nous nous aimions, bien sûr... mais qu'est-ce que j'aimais, moi ?

J'aimais Charlotte belle, sensuelle. J'aimais ma lionne triomphante. J'aimais l'image de jeunesse, de réussite et de beauté que nous projetions autour de nous.

J'aimais notre belle santé, nos dents de carnassiers et notre appétit de jeunes loups.

Je ne savais pas encore que l'important ne se voit qu'avec le cœur.

En fait, je devais inconsciemment lui en vouloir de cette maladie qui nous ramenait au niveau de l'humanité souffrante, de cet aveu de faiblesse qui diminuait l'éclat de notre couple, en ternissait la brillance.

Je comprends soudain que, bien au contraire, cette maladie est le ciment qui va le souder, lui redonner force, comme l'os dont la soudure est plus forte que l'original.

Alors, pour la première fois de ma vie, je vois Charlotte... ma femme, mon amour.

Bien sûr, j'en vois toujours l'enveloppe et la ronde charnure, mais surtout je ressens le lien profond qui unit nos âmes et lui donne, à elle, toute l'importance du monde.

Je la vois et je mesure la force de son amour qui a su dépasser mon indifférence et mon égoïsme et j'éprouve la douceur de cette présence, de cette merveilleuse osmose.

L'impatience d'agir me gagne, tout va changer... tout a déjà changé.

Je vais aller la chercher au fond du trou noir où elle se débat et la ramener vers la lumière, vers le soleil.

Il faut faire vite.

Il faut rentrer, la prendre avec moi, la mettre dans un avion et voler vers Manille... S'il n'est pas trop tard.

Il n'y a plus un instant à perdre.

Le lendemain, sans les mille précautions dont s'entoure normalement ma vie à Beyrouth, sans tenir compte des embouteillages, des passages fermés, des tireurs isolés, j'arrive à faire modifier mon billet d'avion et je rentre... tout ébahi d'avoir réussi ce que les directeurs de trois agences de voyage avaient décrété impossible : prendre le dernier avion, pourtant complet, avant la énième fermeture de l'aéroport de Beyrouth.

A Paris, je la trouve dans un état lamentable. Elle gît, hébétée, le visage boursouflé... complètement apathique.

Je me rends compte qu'elle n'a rien pu préparer... Elle n'est même pas en état de m'expliquer.

Ses yeux m'inquiètent.

Elle qui avait les yeux les plus clairs, les plus lumineux, n'a plus de regard.

Ils semblent remplis d'eau. Ils ne brillent plus... comme un étang sans reflet, un lac mort.

Elle est tremblante et faible, mais mon retour la rassure un peu... Elle n'est plus seule.

Je prends les événements à mon compte.

Dans la journée, j'achète les billets pour Manille et je fais les réservations d'hôtel. Je peux la réconforter, m'occuper enfin d'elle.

Nous partons dès demain : dans quarante-huit heures, nous serons à Manille... On va la sauver.

Je m'efforce d'y croire : c'est tout ce qui nous reste... L'espoir.

CHAPITRE V

Vincent :

Il n'y a pas grand-chose à dire du voyage :

Charlotte gît en boule, au fond de son siège. Elle n'émerge de somnolences épaisses que pour boire un peu et replonger dans l'inconscience.

L'avion bourdonne d'hommes d'affaires et de touristes en goguette, attirés par les subtilités raffinées des massages thaïlandais.

C'est long, c'est monotone.

Dix-huit heures de vol qui en deviennent vingt-six par le miracle du décalage horaire.

Des escales abrutissantes, en pleine nuit, où un air brûlant et poisseux de kérosène envahit l'avion, où il faut réveiller Charlotte, lui faire quitter sa place.

En permanence, des décollages et des atterrissages, des annonces par les haut-parleurs nasillards : « Redressez vos sièges! Fumez! Ne fumez plus! A table! Achetez des cigarettes! de l'alcool! »

A chaque fois, Charlotte se réveille, à chaque fois elle a mal.

Je suis furieux : mais quoi faire?

Ce n'est pas un avion sanitaire mais un vol régulier, et

le personnel d'Air France fait, avec beaucoup de gentillesse, tout ce qu'il peut pour elle.

D'autres escales... New Delhi, Bangkok, où la meute des touristes nous abandonne, et enfin, la côte des Philippines et Manille.

Un ciel plombé et bas nous accueille dans une chaleur de hammam.

J'aide Charlotte de mon mieux.

Elle n'en peut plus : elle sait à peine où elle se trouve et ne réagit à rien.

Pendant l'interminable attente des bagages, je la regarde : assise sur un banc, la tête basse, le teint cireux et le regard éteint; indifférente aux gens qui la bousculent, la heurtent... naufragée, échouée sur la grève.

Elle ruisselle, son chemisier plaqué par la sueur. L'air absente et épuisée... si fragile, que je me sens rempli d'amour et de tendresse.

« Ça y est mon poussin, nous sommes à Manille, au bout du voyage. »

J'essaie d'être doux et attentif, de parler doucement et de ne pas la presser.

C'est peine perdue :

Dès la sortie de l'aéroport, nous sommes assaillis par une cacophonie de rugissements de moteurs, de klaxons et de cris.

Manille est une ville de bruit et de mouvement sans fin.

Nous prenons un taxi qui longe le bord de mer.

Les hôtels luxueux côtoient des zones grisâtres : des « no man's land » douteux où survivent des familles agglutinées sous l'ombre rare de palmiers étiques.

A l'approche du quartier d'Ermita, la circulation se resserre, se fige dans une tempête de trompes et de cris.

Trempés de sueur, nous arrivons enfin à l'hôtel, d'où j'appelle Alex, tandis que Charlotte s'effondre en boule sur un des lits jumeaux.

On me confirme la présence d'Alex, mais nous sommes dans le mauvais hôtel.

Il lui est en effet impossible d'aller soigner des étrangers aux quatre coins de la ville. Il les regroupe à l'hôtel Ramada Midtown, beaucoup plus pratique pour lui.

Il faut refaire les valises, s'excuser platement auprès de la direction en invoquant n'importe quel prétexte idiot et repartir en traînant Charlotte vers l'hôtel Ramada.

Alex, prévenu, nous fait savoir qu'il doit se rendre dans une autre chambre où l'attendront plusieurs malades.

Il nous demande de l'y retrouver en fin d'après-midi.

Il parle un anglais très limité et je n'ai pas la possibilité, ou pas l'idée, de lui expliquer l'état dramatique de Charlotte.

Enfin, cette fois, ça y est : nous sommes à Manille, Alex va venir... Je crois enfin que tout va s'arranger.

Pendant que nous nous installions à l'hôtel, je téléphone à Jorg : je lui transmets les amitiés de son cousin, et il me propose de venir participer au rendez-vous qu'Alex nous a fixé ce soir au Ramada.

« Ça tombe bien, achève-t-il, je devais le voir. »

Charlotte s'est endormie, et je vais opérer une reconnaissance des lieux.

C'est un hôtel de bon niveau :

Ce n'est pas le luxe un peu outrancier du Manila Hôtel, mais plutôt l'atmosphère musicale et feutrée de ces hôtels, tous semblables, qui ont émaillé nos années de voyages autour de la planète.

Il règne dans les couloirs une odeur douceâtre de marécage, d'eaux dormantes qui étonne, au cœur de tout ce béton.

La clientèle est internationale et polyglotte : dominée par une forte proportion d'Américains, d'Australiens et de Japonais.

Le dollar est roi et tient rang de monnaie nationale, au même titre que le peso.

Je risque quelques pas dans la rue, mais la chaleur humide et le bruit assourdissant me font immédiatement réintégrer l'ambiance musicale du hall réfrigéré.

J'ai vingt heures de voyage à mon passif et je ne me sens pas très frais.

Je regagne notre chambre. Charlotte dort, écrasée sur son oreiller.

La fatigue a eu raison de la douleur et, pour une fois, elle dort vraiment. Elle a le visage à peine crispé et ne semble pas trop souffrir.

Je demande à la réception de nous réveiller à six heures du soir et m'endors aussitôt.

Quelques heures plus tard, Jorg vient nous chercher. Nous faisons la connaissance d'Alex et assistons à nos premières opérations... Le jeune Américain, Jorg et puis moi...

Nous sommes aux portes de l'espoir.

Nous avons rendez-vous à neuf heures avec Alex, dans notre chambre.

J'ai mis le réveil à huit heures pour nous préparer à sa venue, mais ce n'est pas nécessaire : je suis totalement déphasé par le décalage horaire et passe la plus grande partie de la nuit à tourner en rond, cherchant un sommeil qui me fuit.

Par moments, Charlotte émerge de sa torpeur et nous passons une heure, les yeux rouges comme des lapins russes, à regarder une de ces interminables séries américaines que la télévision philippine diffuse jour et nuit.

Nous baignons dans une ambiance de complète irréalité : entre la maladie, ce voyage interminable bercé par le ronronnement des réacteurs, la séance tellement étrange avec Alex, cette odeur de marigot et cette télévision en américain et tagalog. Nous avons l'impression d'être suspendus dans le temps, arrêtés entre rêve et réalité dans un autre monde... une île.

Quand nous parlons : nous parlons d'Alex, de cet après-midi et de demain... de tout à l'heure.

Cent fois je rassure Charlotte sur l'inocuité de ses interventions, sur toute absence de souffrance.

Cent fois nous décrivons l'opération de Jorg que nous avons suivie tous les deux.

Puis nous dormons un peu... mal : les idées les plus folles cheminent, tournent en rond dans nos têtes...

– Tu crois qu'il pourrait enlever une dent comme ça, sans douleur ?

– Ça, je ne sais pas, mais après tout, pourquoi pas.

– Et ce qu'il enlève... qu'est-ce que c'est ?

Un bâillement...

– Je ne sais pas ma puce. Essaie de dormir.

– Je voudrais bien, mais je n'y arrive plus. J'ai mal, et puis... j'ai un peu peur.

Je quitte mon lit et me glisse dans le sien : nous nous serrons bien fort, comme deux navigateurs dans la tempête.

Il faut attendre : il n'est que six heures du matin, et Alex a dit neuf heures.

Tout à coup, elle sursaute :

« Et, s'il ne pouvait pas m'opérer dans la tête ? Ce n'est peut-être pas possible. Il ne sait pas ce que j'ai. Il nous aurait peut-être déconseillé de venir, s'il l'avait su... Qu'est-ce que tu en penses ?

– Je ne sais pas : s'il est capable de rentrer dans un corps, il doit pouvoir le faire n'importe où.

– Même dans la tête ?

– Pourquoi pas... Allez, dors mon poussin. Il ne reste plus beaucoup de temps. »

Nous somnolons enfin quand le téléphone nous annonce gaiement qu'il est huit heures.

Pour nous, il est minuit, et nous commençons vraiment à avoir sommeil.

Nous décidons de nous accorder cinq minutes de grâce et nous éveillons en catastrophe quelques minutes avant qu'Alex s'annonce.

Charlotte :

Quand j'entends frapper à la porte, il est neuf heures vingt. Je bénis ce retard sans lequel il nous trouvait encore endormis.

Je suis également anxieuse et soulagée : je crains et espère ce qui va suivre.

Pendant la nuit, j'ai mis au point, avec Vincent, une stratégie à l'image de mon angoisse.

« Pendant l'opération, tu te mettras auprès de moi et me tiendra la main. Si j'ai mal, je serrerai très fort.

A ce moment, tu arrêtes tout et tu fous tout le monde à la porte.

D'accord ? »

Je ne pouvais imaginer Alex pénétrant dans mon crâne sans me faire atrocement souffrir, quand le simple tapotement d'un doigt sur ma tempe m'arrachait des larmes de souffrance.

Ça y est.

Ils sont là.

Il y a Alex, et son assistante Rosa.

(Docteur en médecine, diplômée de la faculté de Manille, Rosa a abandonné l'hôpital où elle exerçait pour suivre Alex. Elle parle couramment anglais et ses connaissances médicales lui permettent d'expliquer aux patients d'Alex ce qui se passe et en quelle mesure il va les aider).

Il y aussi deux malabars, et je trouve cela très peu rassurant.

« Je vais souffrir horriblement, et ces deux brutes sont là pour me tenir, ou m'empêcher de hurler. »

J'ai le cœur qui cogne d'angoisse.

Alex vient près de mon lit.

Il me demande gentiment si j'ai passé une bonne nuit et me fait allonger sur le dos.

Rosa vient de la salle de bain avec une boîte de Kleenex et un verre à dents. Elle se met à ma droite, à côté d'Alex.

Vincent est assis sur l'autre lit, à ma gauche : il me prend la main.

Alex ne me demande rien. J'ai l'impression qu'il me connaît depuis toujours. J'aurais pourtant voulu lui expliquer ce qui m'amenait, décrire les symptômes, les diagnostics et les traitements suivis.

Il ne m'en laisse pas le temps :

Il me fait tourner la tête vers lui et, comme guidées par une vision intérieure, ses mains se dirigent vers ma nuque, derrière et un peu en dessous de mon oreille gauche.

Je ferme les yeux.

Mon cœur cogne dans tous les sens, affolé. Je me raidis pour lutter contre la terrible douleur que je redoute.

Je sens ses doigts se poser sur ma nuque.

Mon cœur a des ratés : je serre les dents.

Il me semble entendre encore la voix de Gertie, rassurante : « Vous ne sentirez rien, juste une légère griffure. »

C'est exactement ce que je ressens :

Comme un trait sur ma peau, ni plus ni moins qu'une éraflure et la sensation d'un liquide qui coule le long de mon cou.

Je n'ai absolument pas mal. Je le sens qui fouille derrière ma tête. Je sens qu'il en retire quelque chose.

Mon cœur s'affole complètement, parce que ça dure, ça dure et ça n'en finit pas.

Je n'ai toujours pas mal, mais je ne ressens aucune amélioration.

Puis Alex dit : « C'est fini », et j'ouvre les yeux.

Vincent me regarde : il a l'air ébahi et inquiet. Ses yeux interrogent :

« Ça va ? Tu te sens bien ? Tu n'as pas mal ? »

Je le rassure tout de suite : je n'ai pas souffert un seul instant.

Vincent :

Quand Alex entre dans la chambre avec sa suite, j'ai l'impression d'un patron de service hospitalier faisant sa tournée du matin, avec ses internes et ses infirmières. A cette différence qu'Alex est en jeans et tee-shirt et qu'il n'y a pas la moindre blouse blanche dans le groupe.

A cette autre différence que personne ne parle.

Je peux plus tranquillement observer Alex que je ne l'avais fait la veille, baladé d'émotions en étonnements.

C'est un homme jeune... trente-cinq ans peut-être, aux cheveux noir corbeau, comme toute l'Asie. Il a le type philippin : le visage doux et rond, les yeux très légèrement bridés. Il est petit, très fin et ne doit pas peser plus de cinquante kilos.

Ses mains, surtout, sont remarquables : petites et étroites, elles sont fines comme celles d'une jeune fille. Il est très propre et très calme.

Il s'est assis à côté de Charlotte, sur le bord du lit, les yeux clos, en une profonde concentration.

Doucement, il fait pivoter vers lui la tête de Charlotte et se penche vers sa nuque dont il dégage les cheveux.

Je suis à cinquante centimètres de ses mains.

J'ai, contre ma paume, les doigts tièdes de Charlotte, un peu frémissants, un peu tremblants. Les doigts d'Alex appuient sur sa nuque, et je vois le sang couler, aussitôt épongé par le Kleenex de Rosa. Sa main droite se joint à l'autre et pénètre dans la nuque.

Alex a le visage tendu, légèrement crispé, en une intense concentration.

Je regarde de tous mes yeux, partagés entre ébahissement, curiosité et espérance.

Le spectacle est absolument effarant :

Il y a une plaie sanguinolente dans laquelle s'enfoncent les doigts d'Alex et, petit à petit, de cette ouverture émerge une protubérance noirâtre qu'Alex agrippe, tirant fortement pour l'extraire.

Ce n'est pas la facilité avec laquelle la veille il a retiré des concrétions de la poitrine de Jorg. Cela semble difficile : j'ai l'impression que cette masse noirâtre et filandreuse résiste et s'étire.

C'est très impressionnant.

Ça ne ressemble pas à hier : c'est au moins trois fois plus gros, de la taille d'un bouchon.

Et, petit à petit, ça vient : ça sort de la tête de Charlotte. Elle a toujours les yeux clos, le visage un peu tendu, couvert d'une légère pellicule de sueur, mais sa main reste souple et calme dans la mienne.

Elle ne souffre pas, et c'est déjà un miracle.

Enfin!... Elle a le crâne ouvert... Un homme fouille à l'intérieur pour en retirer des choses peu identifiables et elle ne bronche pas, alors qu'elle devrait hurler de douleur ou s'évanouir.

Alex dépose dans le verre à dents l'espèce de concrétion noire et gluante sortie de sa tête.

« It is finish for this morning. I will come back this afternoon. * »

Rosa essuie du mieux possible le sang qui sèche vite, et Charlotte ouvre les yeux.

Elle me dit que ça va : elle n'a pas souffert.

Rosa me tend une enveloppe dans laquelle je glisse quelques dollars et quitte la pièce avec Alex.

* C'est tout pour ce matin. Je reviendrai cet après-midi.

Charlotte :

Je suis rassurée :

Les deux malabars accompagnateurs ne sont pas des tortionnaires, mais des masseurs.

Pendant une demi-heure, après m'avoir généreusement enduite d'huile de coco, ils vont m'étirer, me rouler, me frotter, sans oublier le moindre pouce de mon corps. C'est viril et musclé, mais réellement anesthésiant, et je me sens complètement détendue.

Je ne sens plus mon corps : je flotte.

L'odeur de l'huile de coco s'est mêlée à l'odeur molle de marécage, en un parfum lourd et sucré qui restera toujours pour moi lié à Manille et à cette aventure extraordinaire.

Ils ont quitté la pièce et nous sommes enfin seuls.

Tout de suite, j'interroge Vincent :

Il avait le nez dessus, il a tout vu.

« Alors, qu'est-ce qu'il m'a fait ? Qu'est-ce qu'il a retiré ?

Il a du mal à trouver ses mots.

– Écoute, il s'est passé une chose incroyable. Je ne savais pas que ça pouvait exister : il t'a sorti du crâne un truc gros comme un bouchon de champagne. Ça avait un peu la consistance du boudin et c'était tout noir.

– Qu'est-ce qu'il en a fait ?

– Il l'a mis dans le verre à dents et Rosa a dû le jeter dans les waters...

Tu vas mieux ?

– Non, rien de changé. Ça ne m'a pas fait mal, mais pas de bien non plus. »

Je me sens quand même un peu sonnée, comme vidée. Mais je suis incapable de faire la part des choses entre mon « opération », le décalage horaire et les mois de maladie qui m'ont amenée ici.

Je m'endors comme une souche, d'un sommeil profond sans failles et sans rêves.

A quatre heures, Alex revient.

Je me sens beaucoup plus détendue : j'ai levé la plus lourde hypothèque... celle de la douleur, et le reste ne m'effraie pas.

C'est étrange : alors que je prendrais des tonnes de renseignements sur un chirurgien, entouré de toutes les garanties de l'asepsie, qui voudrait m'opérer de l'appendicite, je commence à éprouver une confiance profonde pour ce petit bonhomme qui ne se lave même pas les mains avant de m'ouvrir le crâne, sans anesthésie.

Je n'ai même pas besoin de prendre la main de Vincent : je m'allonge et j'attends.

Il n'y a aucune différence avec ce matin. Alex m'opère au même endroit pendant une minute ou deux, puis il nous quitte assez rapidement jusqu'au lendemain, en nous souhaitant une bonne nuit.

J'interroge Vincent :

« Alors, qu'est-ce qu'il a fait cette fois ? »

Alex vient à peine de refermer la porte.

« A peu près la même chose que ce matin : c'était un peu moins gros et ça m'a également semblé moins noir.

Ça te fait du bien ou c'est toujours pareil ?

– Toujours pareil. Je ne sens aucune amélioration. »

La nuit revient.

Je suis pâteuse, comateuse et je souffre toujours autant.

Ma tête est comme un bloc de bois où tout est figé dans la douleur.

Je n'ai ni faim, ni sommeil, et n'arrive pas à m'intéresser à un inspecteur Colombo, d'une cuvée ancienne, déjà vu en espagnol ou en français.

Vincent est descendu grignoter quelque chose à la cafétéria et me remonte une bouteille d'eau.

Nous passons la nuit entre somnolence et télévision, espoir passionné et scepticisme mesuré, à parler, dormir et espérer.

Nous avons vu des choses étranges, bouleversantes et incroyables.

Mais, à part cet aspect sensationnel, nous ne savons pas s'il se passe vraiment quelque chose et si je vais guérir ou non.

CHAPITRE VI

Vincent :

Le lendemain, Alex est de retour.

Le matin, puis à nouveau l'après-midi, il opère Charlotte au même endroit, et avec le même résultat.

Il extrait toujours de sa tête des choses filandreuses, mais, semble-t-il, en quantités de plus en plus réduites, et... Charlotte ne va pas mieux.

Alex ne dit rien :

Il frappe à la porte, entre, opère et s'en va. Il est toujours aussi calme, aussi souriant, mais aussi peu loquace.

Il est vrai que pour l'instant, nous ne lui demandons pas grand-chose.

Nous sommes suspendus en l'air, comme un plongeur entre terre et mer... en apesanteur.

Il y a quand même du nouveau : Alex commence à s'intéresser à moi. Après chaque opération de Charlotte, il intervient sur mon foie.

Qu'a-t-il vu ? Qu'a-t-il deviné ?

Je ne sais pas.

Je le lui demanderai plus tard.

C'est notre troisième nuit à Manille.

Charlotte ne va ni mieux, ni plus mal.

Je ne veux pas qu'elle s'abrutisse complètement dans cette chambre... ça lui ferait sans doute du bien de manger quelque chose.

J'arrive à la décider : elle s'habille avec des gestes maladroits et lents, et nous descendons à la cafétéria, manger une salade.

Il n'est pas question de faire quelques pas dehors : elle ne tiendrait pas cinq minutes dans cette étuve bruyante.

Le seul aller-retour au restaurant l'a épuisée. Je la ramène, inondée de sueur, à notre chambre; havre de tranquillité où nous retrouvons nos petites habitudes de naufragés.

Je la quitte le moins possible, et son horizon se limite aux trois ou quatre chaînes de télévision, la salle de bain, le fauteuil et le lit.

Je passe de longues heures collé à la fenêtre, comme un insecte, à scruter l'agglomération désordonnée qui s'étale devant nous.

Ça ne ressemble pas vraiment à une ville... mais plutôt à un immense jardin tropical parsemé de milliers de villas, de cahutes et de taudis d'où émergent, comme des îlots, les buildings flambant neufs du quartier d'affaires de Makati.

Les toits des maisons modestes sont de tôles peintes en vert, ou en rouge. Si un cyclone de mousson les arrache, c'est sans doute plus facile à remettre en place que des milliers de tuiles éparpillées.

De temps en temps, quand Charlotte dort, je vais flâner jusqu'à la promenade au bord de la mer, à deux ou trois blocs de notre hôtel.

Dans ce quartier noctambule de petits bistrots et de restaurants, les night-clubs grouillent par centaines, top-less ou bottom-less.

Les rues fourmillent de vendeurs à la sauvette et d'enfants qui jouent, travaillent ou dorment à même le trottoir poussiéreux maculé de déchets et de crachats.

La rue est un capharnaüm de bruits et d'odeurs éclatantes où la misère est omniprésente : on la sent à travers ces mille petits métiers de la rue, ces enfants qui mendient et ces familles qui vivent sur la chaussée. Mais elle est très philippine : elle n'a ni la calme sérénité des Hindous, ni la vulgarité truculente et crasseuse des clochards parisiens. Les corps sont propres et les habits aussi... et surtout : ils sont beaux, et la plupart du temps, joyeux.

La beauté indolente de cette race souriante et gracieuse pare leur misère d'élégance et de gentillesse.

Grâce à eux, l'enfer citadin de Manille conserve un peu d'humanité, de joie de vivre, comme une philosophie du bonheur et de l'insouciance.

Il y a, près de notre hôtel, le « Pistang pilipino » où se côtoient, dans une débauche de couleurs, toutes les merveilles de l'artisanat philippin : des macramés incroyables de trois mètres de haut, de fil, de nacres ou de coquillages, des broderies, des sculptures sur bois, des vanneries et des robes.

Devant les échoppes, des nuées de jeunes Philippines

racolant sur le même ton traînant, un peu geignard.

« You come mââme! Very good, sir! »

Elles pouffent, se poussent du coude et ne me lâchent pas d'un centimètre, comme si j'allais emporter la boutique.

Elles sont très mignonnes, un brin collantes, et ce qu'elles offrent à des prix ridicules est tellement beau, tellement gracieux et si peu en rapport avec les quelques pesos demandés, que je ressors chargé comme un baudet d'objets aussi ravissants qu'inutiles.

Rentré à l'hôtel, je trouve Charlotte éveillée, en boule au fond de son lit, assommée de douleur, et je m'en veux de l'avoir laissée seule.

J'essaie de lui raconter Manille : les rues, le marché, les jeepneys... tout glisse sur elle, rien ne l'intéresse.

A part la douleur, rien ne pénètre dans son cerveau... en état de siège.

Quand elle a de légères rémissions, j'en profite pour lui faire absorber un peu de nourriture.

Et puis, nous parlons :

Nous parlons d'Alex, de notre espoir et, aussi, de notre déception.

Pourquoi nous le taire, nous le cacher : nous sommes un peu déçus.

Au début, prudents, nous refusions d'y croire pour ne pas nous laisser emporter par un espoir insensé : nous avions été tellement échaudés par l'inefficacité des traitements administrés!

Ensuite, devant l'accumulation de témoignages et de preuves, et surtout, devant les opérations pratiquées par

Alex, nous nous sommes laissés aller à l'espérance... Nous avions enfin trouvé un chemin, une réponse.

Seulement, depuis deux jours, nous devons admettre qu'il ne se passe pas grand-chose.

Charlotte souffre toujours autant, elle est aussi épuisée : ses yeux sont éteints comme aux plus mauvais jours, et il n'y a aucune amélioration notable.

Tristement, nous commençons à envisager le retour, et peut-être l'hospitalisation : l'engrenage des tomographies, scanners, ponctions et, pour finir, l'opération et toutes ses conséquences.

Nous sommes cafardeux, un peu tristes.

C'est arrivé le troisième jour :

Alex est venu, comme d'habitude, vers neuf heures.

Charlotte s'est allongée sur le dos, a tourné la tête vers lui, et il a commencé à l'opérer.

Charlotte :

C'est difficile à expliquer :

Je suis de plus en plus détendue et n'ai aucune appréhension : je me suis habituée à sentir les doigts d'Alex pénétrer dans mon crâne, comme si c'était la chose la plus naturelle du monde.

Il est en train de m'opérer. Tout se passe comme à l'accoutumée : ses doigts m'ouvrent. Le sang coule : il pénètre ma nuque, je sens l'effet de succion habituel, et soudain ... tout change.

Mon cerveau congestionné depuis des mois, se libère, respire. Des milliers de bulles l'irriguent, le vivifient, et j'éprouve une sensation merveilleuse... Comme une brise fraîche dans ma tête, une renaissance.

Je suis envahie d'une vague de bonheur : je retrouve tout à coup le goût de la vie.

Ce n'est pas tant la douleur qui s'éloigne – la douleur, je m'y suis habituée – que cette sensation nouvelle : mon cerveau n'est plus une pierre, un bloc. Il est vivant à nouveau. Il respire... et je souris.

Vincent :

Toujours intrigué, mais déjà presque habitué, je regarde Alex opérer Charlotte. Il commence à extirper une espèce de masse brune, comme avant-hier et comme hier.

Elle a le visage tourné vers moi, le front légèrement crispé.

Soudain, étrangement, elle sourit.

Un sourire, un vrai sourire d'enfant... comme une aurore qui illumine une aube incertaine.

Je ne sais pas ce qui se passe : je ne comprends pas bien, mais, à voir la sérénité qui adoucit ses traits, à ce premier sourire heureux depuis de longs mois, je sens une douce certitude m'envahir.

Il se passe quelque chose de merveilleux... Peut-être la fin de l'angoisse, le début de la guérison.

Alex a terminé... Charlotte ouvre les yeux et j'ai un nouveau choc :

Son regard !

Ses yeux bleus, tendres et à nouveau brillants. Pas remplis de larmes, éteints comme avant, mais à nouveau... pétillants, avec cette étincelle de vie qui lui donne un regard si particulier.

Une nova d'étoiles explose :
« Ça y est !
On va la sauver, la guérir !
Elle est vivante à nouveau !... »
En fait, je ne sais plus.

Peut-être ne me suis-je pas dit tout ça à ce moment et dans cet ordre. Mais c'est ce que j'éprouve... Une certitude, une joie et une émotion formidables qui balayent les doutes, les hésitations, le scepticisme et la méfiance.

J'ai vers Alex un grand élan de tendresse et d'affection alors que, paisible comme toujours, il s'apprête à quitter la pièce.

Nous sommes à nouveau tous les deux, mais tout a changé.

Charlotte me raconte ses sensations, cette incroyable impression de renaissance.

Je lui raconte son sourire, ses yeux à nouveau brillants.

Nous sommes heureux... presque gais.

Nous décidons de nous habiller et de descendre à la cafétéria de l'hôtel, prendre un vrai petit déjeuner, comme de vrais touristes... comme des vivants.

Quand Alex revient le soir, Charlotte lui explique à quel point elle se sent mieux : dégagée, pour la première fois depuis des mois.

Il sourit à son tour. On le sent profondément heureux du bonheur qu'il a apporté.

Et, c'est inhabituel, il nous parle.

Un peu en direct, un peu par le truchement de Rosa, il nous explique comment il voit la situation :

« Je pense que vous allez guérir... Je le crois, car c'est la volonté de Dieu.

Je vais continuer à vous soigner ici, et dans quelques jours, vous serez assez forte pour venir chez moi, à Cubao.

– Combien de temps devons-nous rester à Manille ?

Il reste évasif...

– Je ne sais pas... Ça ne dépend pas seulement de moi... ça dépend aussi de vous, et surtout de la volonté divine... Encore dix, ou peut-être quinze jours... Nous verrons. »

Ce soir-là, Alex parti, nous sortons pour la première fois ensemble dans les rues de Manille.

Pas une grande exploration bien sûr, seulement une petite balade jusqu'au marché philippin et dans les boutiques alentour.

Malgré la nuit déjà tombée, la chaleur est encore pesante et la brise du soir n'arrive pas à s'engouffrer dans les rues surchauffées.

Je regarde marcher Charlotte... pas encore bien assurée, mais je la retrouve un peu : sa démarche, son allure.

Très vite, cependant, au bout de dix minutes, elle est fatiguée et souffre à nouveau.

Mais il y a seulement quatre jours que nous sommes

là, et déjà elle marche seule, sans vaciller, s'intéresse aux gens, à la mode, au spectacle de la rue... et je suis heureux... Heureux aussi de partager ce moment de sa vie.

Le lendemain, Alex l'opère et m'opère, le matin et le soir.

Elle est encore mieux qu'hier, et pour la première fois, nous allons déjeuner dehors.

Elle a faim.

Elle est encore très faible, hésitante, mais je sens la vie qui revient.

Elle marche mieux, parle plus facilement... Elle rit... et le rire de Charlotte, c'est comme une cascade de soleil... Elle mange, elle dort et souffre beaucoup moins.

Alex ne modifie rien à ses habitudes : il l'opère toujours au même endroit, avec les mêmes résultats.

Ce soir, la main sur la poignée de porte, au moment de nous quitter, il se retourne :

« Comme vous commencez à aller mieux, nous allons changer nos habitudes :

Le matin vous viendrez chez moi et l'après-midi je continuerai à vous rendre visite à l'hôtel.

Vous êtes d'accord ? »

Bien entendu, nous sommes d'accord.

D'autant plus que nous mesurons notre égoïsme : le temps qu'Alex nous accorde, loin de chez lui, est pris sur celui consacré aux pauvres qui viennent le consulter chaque matin.

En effet, Alex s'est imposé une obligation :

Pour lui, les choses sont simples : il a reçu un don de Dieu pour en faire bénéficier les autres. En revanche il ne doit pas en profiter pour s'enrichir ou en tirer vanité.

C'est difficile à accepter pour nous. Dans notre monde, tout homme, qu'il soit chanteur, peintre, mathématicien ou commerçant veut en vivre et organise sa vie autour de ce don.

Il le développe, le peaufine, tâche d'en tirer le meilleur parti et, en général, le plus grand profit.

Même à son corps défendant, Alex s'enrichit beaucoup plus que la plupart de ses concitoyens : tous les jours il reçoit de ses malades des enveloppes pleines de dollars et de deutsche marks, quand ce ne sont pas des cadeaux en nature.

Que les dons soient souvent anonymes ne change rien à l'affaire : il doit certainement gagner en une journée autant qu'un cadre philippin en une semaine.

Bien sûr, il fait vivre autour de lui une foule de disciples et d'admirateurs, et a pris en charge l'ensemble de sa famille ascendante, descendante et collatérale.

Mais il s'est imposé de recevoir et soigner tous les matins, dans sa maison, les indigents : ceux qui n'ont même pas les moyens de se faire admettre à l'hôpital ou au dispensaire.

C'est par centaines qu'ils se pressent autour de chez lui en une véritable cour des Miracles de malades, bancroches, boiteux...

Les plaies purulentes le disputent aux grosseurs suspectes et aux chancres : c'est la foule des bidonvilles de Manille, la grande fraternité des pauvres et, tous les jours, il s'emploie à leur apporter le soutien de sa compassion et de son pouvoir.

C'est là qu'il nous a conviés.

C'est au milieu de cette foule, chaque jour renouvelée, qu'il ressent le mieux le sens de sa mission et l'amour, pour lui étroitement lié à son don de guérisseur.

Comme il le dit :

« Chaque matin, en voyant cette foule de malheureux qui m'attendent, je suis rempli d'angoisse devant leur exigence immédiate, et de compassion devant leur souffrance et leur foi. »

J'ai acheté un plan de « Métro Manila » que j'étale sur le lit.

Cette mégalopole n'est pas une ville, mais un peu comme Los Angeles : un conglomérat de villes et de banlieues totalement imbriquées les unes dans les autres.

Il nous faut un bon moment, après avoir trouvé Quezon City, pour identifier le quartier de Cubao et enfin découvrir Maryland Street.

Ce n'est pas vraiment tout proche, et pour être là-bas à neuf heures, comme nous l'a demandé Alex, il faudra partir de très bonne heure.

Dès l'aube, nous quittons notre glacière aseptisée, encore silencieuse, pour nous glisser dans la fournaise moite de la ville.

Manille ne dort jamais : l'activité de cette ville tentaculaire ne cesse pas, indifférente à l'heure, et la rue donne déjà le spectacle chaotique d'un fleuve arrêté dont les tourbillons chargés d'épaves assaillent les berges.

Dans la chaleur déjà pesante, la rue Mabini n'est qu'un magma cacophonique de motos et de voitures, dominé par les enluminures des jeepneys.

Compromis hésitant entre l'autobus et le taxi, le jeepney est à Manille ce qu'est le rickshaw à Calcutta : le moyen de transport urbain, spontanément éclos hors de la régie officielle des transports, le plus adapté à cette ville.

Fabriqué à partir d'un avant de Jeep dont les Américains ont laissé des milliers d'exemplaires, il se prolonge par deux banquettes aux longueurs variables suivant l'ambition du propriétaire.

Recouvert d'une bâche soutenue par des ridelles métalliques, il peut transporter officiellement, de quatre à dix personnes.

En réalité, les heures de pointe voient des entassements joyeux de plus de vingt passagers faire ployer les essieux de ces drôles de machines.

Chaque jeepney, en plus des chevaux d'aluminium qui ornent son capot, porte un nom tiré d'une revue des béatitudes : cela va de l'« Incarnation du Sacré Cœur » à « Saint-Ignace de la Réconciliation », en parcourant tout le calendrier.

Ils suivent des itinéraires toujours identiques dont les étapes sont inscrites sur leurs flancs mais pour les utiliser il faut remplir deux conditions nécessaires, mais pas suffisantes, dont nous sommes dépourvus : une très bonne connaissance de la ville et une robuste santé.

Les amortisseurs étant en général d'origine, tout comme les rues de Manille, les usagers sont obligés de s'accrocher avec énergie aux ridelles ou à la banquette pour ne pas être secoués comme dans un shaker, ou tout bonnement éjectés.

Les rivalités entre chauffeurs débouchent souvent sur des courses « kamikaze » qui ajoutent encore à l'aspect aléatoire de ce mode de transport.

Le taxi nous paraît en tous points préférable.

Celui qui nous charge présente, en plus, tous les signes d'un environnement rassurant :

Nous faisons le voyage entre trois images polychromes de la Vierge et six christs sentencieux, invoqués à tour de rôle par notre chauffeur à l'approche de chaque carrefour dangereux.

Les trois ou quatre médailles de saint Christophe pendant de la colonne de direction achèvent de nous rassurer, ainsi que le sourire édenté qui fend la trogne joufflue de notre conducteur.

L'embouteillage est dantesque, et la pollution mortelle :

Les camions et jeepneys crachent une fumée épaisse de carburateurs mal réglés, et beaucoup de Philippins ne circulent qu'avec un mouchoir collé sur la bouche.

Quittant Ermita, nous traversons des parcs impressionnants, nefs des grand-messes populaires de la famille Marcos offerte à l'adoration de ses sujets.

A cette époque, Corazon Aquino n'est pas encore présidente des Philippines et son mari n'a pas encore été assassiné par les séides de Marcos.

Après le quartier chinois qui jouxte le parc Rizal, nous nous engageons dans un quartier d'affaires aux immeubles fonctionnels, puis longeons des bidonvilles extravagants, enjambant des rivières-égoûts, dans un enchevêtrement de venelles inquiétantes.

Après une longue heure de trajet, assommés par le bruit des klaxons, asphyxiés par la pollution exacerbée par la chaleur, nous arrivons à Cubao.

C'est un quartier populaire de maisons individuelles qui fait penser à une zone pavillonnaire.

Notre chauffeur n'a évidemment aucun plan de la ville et j'ai oublié le mien.

Il doit s'abaisser à demander son chemin à des autochtones et sa mine renfrognée nous montre à quel point il a conscience d'avoir perdu de sa superbe devant deux étrangers.

Après quelques hasardeuses marches arrière et des demi-tours acrobatiques, nous stoppons enfin devant l'entrée de la maison d'Alex où stationnent des groupes de Philippins.

C'est une maison typique de Manille.

D'un seul étage, elle est couverte de tôle ondulée peinte en vert et doit comporter cinq ou six pièces.

Elle diffère des maisons du quartier par l'étrange construction qui la jouxte.

Accoté à un flanc de la maison s'élève un hangar, également coiffé de tôle ondulée, sur une hauteur de quatre à cinq mètres.

Ouvert sur trois côtés, il est meublé de bancs et remplit les offices successifs ou simultanés de chapelle, de salle d'attente et de salle de massage.

Dans un coin du hangar, se dresse une petite construction vitrée sur deux façades.

Cette pièce unique occupe un carré de cinq mètres. Décorée d'icônes, de peintures religieuses et de banderoles de l'Église Spiritualiste des Philippines, elle n'est meublée que d'une table de massage et d'une chaise.

Alex n'est pas encore sorti de chez lui et la foule des patients l'attend : rassemblée sur les bancs du hangar-chapelle, elle chante des cantiques, sous la houlette de quelques assistantes.

J'emploie des mots, comme « assistantes », qui pourraient évoquer un professionnalisme de bon aloi. Il n'en est rien :

Tout, ici, est bénévolat, inorganisation et amateurisme... Personne ne nous prend en charge, ne nous inscrit, ne nous dirige ni ne nous étiquette.

Chacun vaque selon ses goûts en attendant Alex :

Certains prient, d'autres chantent. Et parmi ceux qui prient et chantent sur les bancs, il y en a qui bavardent et rient comme en plein marché.

C'est simple, bon enfant... C'est pauvre. Et comme toujours aux Philippines : c'est gai et sans malice.

Les étrangers, dont nous faisons partie, se tiennent un peu à l'écart, assis dans l'herbe ou sur un bout de banc.

Il y a une étrange dichotomie dans cette assemblée disparate :

D'un côté les Occidentaux nantis, nourris de rationalisme, abreuvés de matérialisme triomphant, étalent leur scepticisme ou un prosélytisme bruyant.

Leur maladie leur a soudain fait prendre conscience de la vanité de leurs projets et de leur existence... Ils sont abasourdis et sont venus à Manille comme dans une maison de passe ou un cercle clandestin; un peu honteux de leur toute neuve naïveté, très sceptiques, un peu désespérés par l'idée de leur mort soudain révélée.

D'autres, les anciens, étalent avec complaisance leurs certitudes, leur foi dans les capacités d'Alex, et en parlent comme d'un docteur de plus, un peu plus doué que les autres... un type qui a un truc nouveau.

Des Français s'échangent les tarifs de dix-sept restaurants de Manille et comparent les menus respectifs.

Des Américains parlent trop fort en agitant leurs appareils photo.

Dans l'ensemble, les étrangers se tiennent en dehors du hangar, dans le petit jardin qui entoure la maison.

Sur les bancs de la chapelle-salle d'attente se sont groupés les Philippins et la différence entre les deux cultures se fait encore plus nette.

Alors que nous nous croyons obligés de jouer les esprits forts ou de manifester une assurance qui masque notre angoisse, les Philippins se racontent de bonnes histoires, parlent de la pluie et du beau temps, et s'abandonnent à la fatalité de la vie.

La mort est inscrite dans leur existence. Elle en est la compagne familière. Le miracle, c'est de vivre, de survivre. A travers une mortalité infantile incroyable, une malnutrition endémique et des conditions d'hygiène de travail et de soins dont ne voudrait aucun travailleur immigré de chez nous, le survivant, tout étonné d'être encore debout, s'estime bien content d'être là.

La philosophie orientale de la réincarnation, qui baigne fortement le catholicisme exotique des Philippins, les aide à garder vis-à-vis de leur mort et de la maladie une attitude plus détachée que la nôtre.

Pour nous, la maladie est une obscénité et la mort une injure grave qui nous est faite.

Pour eux, abandonnés à un Dieu omniprésent, attachés à des valeurs spirituelles qui les préparent à toute échéance, la maladie est la chose la mieux partagée, la mort, le prolongement naturel de leur vie et le départ vers une nouvelle existence qui pourra difficilement être aussi pénible que la vie actuelle.

Nous attendons tous le même homme et le même événement.

Mais la façon d'attendre diffère totalement :

Entre peuple et pharisiens.

Il y a chez les Philippins un abandon fataliste et joyeux, une foi de charbonnier et une confiance totale.

Leur dialogue avec Dieu est quotidien, familier et à peine respectueux.

Nous apportons notre curiosité matérialiste, notre méfiance et le discutable pouvoir de notre argent.

Notre monologue vers l'Éternel est vaguement hebdomadaire, ampoulé et distancé.

Ce jour-là, j'envie un petit peu le bonheur et la joie simple de ces Philippins démunis.

Rapidement, nous nous apercevons qu'il n'y a pas que des malades dans les groupes d'étrangers.

La quantité d'appareils photo et de caméras en témoigne; image de notre nécessité de sensationnel et de notre peu de foi.

Je les traiterais bien de voyeurs, mais mon Minolta,

tapi dans sa sacoche, me rappelle à plus de modestie.

Un groupe d'hommes, surtout, retient mon attention :

La triste monotonie de leurs pantalons grisâtres, la coupe « Front populaire » de leurs chemisettes de garçonnets, et leurs airs d'ennui suspicieux les trahissent.

La « conversation cyrillique » que je saisis en m'approchant d'eux confirme ce que je pensais.

Des Russes ! ?

Que peut bien faire chez Alex une délégation soviétique ?

Les petits écussons aux revers de leurs vestons me renseignent.

Ce sont des participants au congrès mondial de la Croix-Rouge, installé à Manille : ils ont dû profiter d'une interruption de séance pour découvrir ces fameux « faith healers * » que leur bible marxiste ne doit pas admettre facilement.

* Guérisseurs de la foi.

CHAPITRE VII

Vincent :

Les chants se sont interrompus. Les groupes se sont rapprochés.

Un attroupement se forme devant la porte d'Alex : on se bouscule, se piétine un peu comme dans une joyeuse bonhomie, et je préfère tenir Charlotte à l'écart de cette empoignade.

Je comprends mieux les réticences d'Alex avant d'accepter l'inéluctable et devenir guérisseur plutôt que le photographe qu'il rêvait d'être.

Cette foule n'espère pas la guérison : elle la réclame. Elle ne demande pas de miracles : elle les exige.

Alex est à leur disposition : serviteur des pauvres, serviteur de Dieu.

Lui, modeste et souriant, concentré, déjà plongé dans un profond recueillement, fend cette foule qui veut le saluer, le toucher.

Il se dirige vers la petite construction située dans un coin du hangar, et y pénètre, suivi par la foule.

Sur le seuil, son assistante demande que seuls les malades et les accompagnateurs indispensables entrent dans la pièce... C'est peine perdue : la presse est telle que, même ceux qui veulent ressortir, sont propulsés à l'intérieur où ils s'entassent.

En quelques instants, la cohue est à son comble, et la température, déjà élevée, monte encore de quelques degrés.

Au fond de la pièce, une couchette surélevée, recouverte d'un plastique, constitue, avec un simple seau posé au sol, l'essentiel de l'appareillage médical de cette salle d'opération.

Une table de massage, une chaise et un seau, voilà tout l'outillage d'Alex pour soigner cette foule qui attend.

Quelques instants plus tard, une jeune femme apporte une coupelle pleine de petits tampons de coton hydrophile, quelques Kleenex et une bouteille d'eau.

Alex s'assied. Le front plissé de concentration, il ferme les yeux et prie en silence, quelques instants, devant l'abondante iconographie qui décore les murs de la pièce.

Puis, il relève la tête et parcourt du regard l'assemblée qui se presse dans la pièce et dans le hangar, comme s'il découvrait avec étonnement ces visages sérieux, tendus et pleins d'espoir.

Chacun ayant à peu près trouvé sa place, coincé entre ses voisins, un semblant de silence s'établit.

Alex fait signe à la femme la plus proche de s'avancer et de prendre place sur la table.

C'est une Philippine d'âge moyen. Elle s'approche sans crainte et s'allonge, confiante.

Suivant les indications d'Alex, elle remonte légèrement son tee-shirt et baisse un peu son jeans.

Alex est toujours aussi concentré. Ses doigts se dirigent vers la zone des ovaires où ils incisent et pénètrent.

Le sang qui coule abondamment est épongé par une jeune Philippine qui l'assiste.

Je ne peux m'empêcher de glisser un regard vers mes voisins soviétiques.

Ils sont hagards : l'œil exorbité, ils contemplent les doigts d'Alex retirant de ce ventre une masse brune, au mépris de toutes les lois de la médecine, de la physique et du matérialisme scientifique.

Cette patiente devrait normalement se tordre dans d'abominables souffrances et s'enfuir en courant, en retenant ses entrailles. Au lieu de ça, elle sourit bêtement à son petit bonhomme de mari qui, debout à son côté, lui tient gentiment la main.

Je pense qu'ils sont venus, comme beaucoup, plus pour critiquer que pour essayer de comprendre... Ce qu'ils voient, ce qu'ils photographient, est pour eux un non-sens, une aberration, et les œuvres complètes de Lénine ne paraissent pas les avoir préparés à un niveau de compréhension suffisant : ils sont déstabilisés.

Il me reste quelques notions de russe après mes années de pérégrination sur les bords de la Moscova, et je m'approche d'eux pour ne rien perdre.

Leurs commentaires excités reflètent bien la profondeur de leur abyssale interrogation.

« *Nie vazmoujna!* * » s'exclame l'un.

– *Kak, nie vazmoujna?* » lui rétorque un autre. Tu ne vois pas qu'il y a un truc?

– Un truc? Quel truc? » hasarde un troisième, sentant vaciller les colonnes du Praesidium suprême.

Dans un bel élan, il se tourne vers le groupe.

* C'est impossible!
– Comment ça impossible?

– Le meilleur moyen de le savoir est d'y aller voir, n'est-ce pas ?... »

Sur sa lancée, il s'avance jusqu'à la table et approche sa main des doigts d'Alex encore enfoncés dans la plaie.

Au moment où ses doigts vont presque toucher ceux d'Alex, il retire violemment sa main, comme s'il s'était brûlé, et, l'air éberlué, revient vers ses condisciples.

« Et alors ? interroge le chœur.

– Ça m'a fait un drôle d'effet, répond le saint Thomas nomenklaturiste. En approchant la main, j'ai senti du froid, et au moment où j'allais toucher ses doigts... comme un picotement électrique assez violent...

Je n'y comprends rien. »

Avec Charlotte, nous rions des angoisses des apparatchiks projetés dans ce monde qui ne respecte pas les règles du jeu.

Je lui traduis succinctement leurs interrogations et nous nous gaussons un peu.

Un peu de modestie nous rappelle qu'il y a seulement huit jours, nous étions tout aussi incrédules, figés dans notre matérialisme... Il n'y a pas de quoi faire les malins.

Alex a fait relever la jeune femme. Il ne semble pas conscient du brouhaha de commentaires qui s'enfle autour de lui :

Des milliers d'interventions en public l'ont complètement isolé du scepticisme bruyant des uns et du prosélytisme enthousiaste des autres.

Il laisse tomber dans le seau la concrétion noirâtre et sanguinolente puis, sans aucune considération pour les lois les plus élémentaires de l'asepsie, s'essuie vaguement les doigts.

Sans perdre de temps, il invite la personne suivante à venir s'allonger.

En dix minutes, il a déjà opéré six personnes :

Pénétrant les ventres, les cages thoraciques ou les membres, sans diagnostic apparent, sans anesthésie, il repère sans hésitation les anomalies et... et quoi ?

Que fait-il, au juste ?

S'il y a une tumeur : l'enlève-t-il, ou rétablit-il les voies de l'énergie ?

Supprime-t-il l'évidence de la maladie, ou donne-t-il à l'organisme les moyens de s'en charger lui-même par la suite ?

Et l'asepsie ?

Enfin! sous ce hangar au toit de tôle règne une température équatoriale qui doit friser les trente-cinq degrés. Alex ne se lave même pas les mains entre chaque intervention, et certains de ses patients sont d'une propreté douteuse, pour ne pas dire plus.

Il y a plus de quinze années qu'il pratique ces interventions fantastiques, et les cas de septicémies, d'infections, devraient se compter par milliers.

En ce moment, sous mes yeux, ses doigts s'enfoncent dans un dos, à mi-phalange, après avoir pénétré le ventre d'une vieille femme...

Les microbes devraient pulluler par millions, et la contamination être la norme.

Pour le docteur Rosa, qui l'assiste souvent, c'est le premier miracle : il n'y a jamais eu de cas d'infection pendant ou après une opération d'Alex.

J'interromps le cours de mes réflexions, car c'est le tour de Charlotte, et je sens l'intérêt de mes voisins soviétiques monter d'un cran.

Elle est la première Européenne, la première de race blanche à venir sur la table, et ils doivent bien se douter qu'elle est venue de loin pour se faire soigner.

Devant leurs exclamations, je rassemble mes faibles connaissances dans la langue de Tolstoï pour les documenter un peu et répondre à leurs questions.

« Vous la connaissez ?

– Un peu, oui. C'est ma femme. Nous sommes français.

– C'est la première fois que vous venez ?

– Ici, oui, mais Alex est déjà venu nous soigner à l'hôtel, plusieurs fois.

– De quoi souffre-t-elle ?

– On ne le sait pas avec certitude. Sans doute, une tumeur au cerveau.

– Elle ne souffre pas quand il l'opère ?

– Vous n'avez qu'à voir. »

Nous nous taisons pour assister à l'intervention.

Ils regardent de tous leurs yeux, subjugués. Ils sont sidérés par cette opération à l'intérieur d'un crâne, et par le calme de Charlotte qui nous rejoint quelques instants plus tard.

Elle doit leur confirmer, par mon truchement, qu'elle n'a pas souffert du tout et va de mieux en mieux depuis qu'Alex s'occupe d'elle.

Je passe à mon tour entre les mains d'Alex qui, avec une belle obstination, s'en prend à mon foie, me fait mal comme d'habitude et me rend la liberté.

Je donne ensuite une « conférence de presse » aux dubitatifs Soviétiques, et nous quittons la petite pièce pour respirer un peu et laisser la place aux autres qui sont légion.

Ceux qui ont déjà été opérés se remettent de leurs émotions ou se font masser par des Philippines bénévoles : l'air embaume l'huile de coco, qu'elles utilisent largement.

Par la fenêtre de la petite pièce, nous regardons Alex : il doit en être à sa cinquantième opération et il est à peine onze heures du matin.

Soudain, comme averti par une intuition nouvelle, il relève la tête et fait signe à une assistante, à qui il chuchote quelques mots.

Il lui désigne un vieux monsieur, japonais ou chinois – je ne sais pas – qui attend tranquillement dans le hangar, accompagné d'une infirmière.

Effrayé par la cohue, le vieil homme n'a sans doute pas osé pénétrer dans la pièce.

Je ne sais comment Alex a entendu la prière silencieuse de cet homme.

A la demande de la jeune Philippine, il se lève péniblement, soutenu par son infirmière, et se dirige vers la petite salle où la foule s'écarte gentiment pour lui faire un passage.

La scène est étrange :

Alex était sur le point d'opérer une jeune femme allongée sur la table... Il semble tout à coup s'en désintéresser complètement.

Il se lève de sa chaise sur laquelle il fait asseoir le vieil homme.

Il marmonne quelque chose à son assistante qui sort : elle revient quelques instants plus tard avec un bol de plastique jaune et le donne au vieux monsieur, en lui demandant de le tenir fermement sous le menton.

Les mains d'Alex se posent sur le sommet du crâne du Japonais.

Il n'y a ni cheveux dissimulateurs, ni paquet de coton hydrophile suspect, ni incantations magiques.

Les doigts d'Alex PÉNÈTRENT dans le crâne :

Le sang coule, ruisselle le long du front, fait le tour du nez et de la bouche pour venir goutter du menton dans le bol judicieusement placé.

Les doigts d'Alex ressortent du crâne, extirpent une sorte de caillou blanc qu'il laisse tomber dans une cuvette avec un bruit sec très différent des bruits produits par les interventions précédentes.

Je dois avouer qu'à ce moment-là, mes facultés de compréhension, déjà passablement malmenées depuis quelques jours, se sont trouvées très largement dépassées :

En quatre jours, après avoir vu une centaine d'opérations, j'arrive à prendre pour monnaie courante qu'Alex puisse pénétrer un corps en passant par des endroits mous.

Mais cette fois, c'est autre chose, encore plus difficile à admettre :

Les doigts d'Alex pénètrent sans effort à travers les os du crâne de ce vieux monsieur.

C'est IMPOSSIBLE!

La matière reste la matière.

C'est contraire à toutes les lois terrestres connues, contraire à mon éducation, à mes croyances.

Et pourtant...

Pourtant, mes yeux, ceux de Charlotte et la centaine de témoins, dont mes six médecins mécréants, plus tous les appareils photographiques, ne peuvent être abusés.

Nous avons vu, photographié et approché les doigts

d'Alex entrant dans un crâne comme s'il dématérialisait l'os pour atteindre le kyste ou la tumeur qu'une vision paranormale lui a fait découvrir.

Après cette opération spectaculaire, la tension baisse d'un cran, et l'on retombe un peu dans la routine.

C'est drôle...

J'écris routine, et c'est vrai.

A ce moment, je pense effectivement *routine* :

Il n'a vraiment pas fallu gratter beaucoup notre scepticisme cartésien, pour le transformer en une acceptation bovine de l'incroyable.

Peut-être notre mémoire inconsciente du merveilleux n'est-elle pas si profondément enfouie...

Je regarde Alex ouvrir impunément et sans précaution d'hygiène des ventres, des crânes, des corps, et déjà je retiens un bâillement et ne juge même plus utile de photographier ces ahurissantes transgressions des lois physiques les moins controversées.

J'aurais dû me comporter en bon Occidental, à qui « on ne la fait pas »... Prendre noms et adresses des participants, malades ou accompagnateurs, suivre leurs dossiers, leurs guérisons ou leurs échecs, faire des fiches, des statistiques.

J'aurais dû recueillir des échantillons des concrétions retirées des corps malades.

J'aurais dû, j'aurais dû...

Et je n'ai pas.

Si je me pose la question honnêtement, je crois que la réponse s'appelle routine.

Le merveilleux s'use vite, et nos certitudes sont bien fragiles :

Je trouve tellement naturel, au bout de quelques jours, ce qui se passe autour de nous, que je ne me pose déjà presque plus de questions.

Il est vrai que ni Charlotte, ni moi ne sommes de formation scientifique, et notre approche des Philippines a été totalement émotionnelle et affective.

Mais quand même... Nous sommes arrivés ici sceptiques, iconoclastes, et aujourd'hui nous évoluons dans le merveilleux comme si nous y étions nés.

Nous ne fouillons même pas les poubelles pour en rapporter des preuves.

Avons-nous des preuves de l'existence de Dieu ?

Il faut dire également que nous ne sommes pas venus aux Philippines pour faire une enquête, rédiger un article ou écrire un livre.

Nous n'avons ni la formation ni l'état d'esprit d'un enquêteur.

Nous sommes ici parce que Charlotte était mourante et nous sommes arrivés très peu préparés à ce que nous allions voir... c'est à peine si notre famille sait où nous sommes et ce que nous y faisons.

Bien sûr, il vaudrait mieux faire connaître Alex à ceux qui souffrent mais, pour nous, tout est tellement nouveau et en même temps tellement habituel déjà, que nous n'avons pas le réflexe de l'enquêteur.

Maintenant, écrivant ce livre, je regrette un peu cette imprécision, cette absence de dossiers, de preuves, dont la curiosité négative des contradicteurs va faire ses choux gras; je la regrette un peu, mais pas plus.

Nous n'écrivons pas pour susciter une polémique, ni nous dresser contre des détracteurs.

Nous le faisons en pensant à ceux qui souffrent, qui croient et ont conservé un peu de merveilleux dans un cœur pas trop desséché.

Ceux-là ne recherchent pas des dossiers, des preuves contradictoires. Il savent qu'au-delà de nos certitudes scientifiques la porte est grande ouverte sur un monde où règne l'esprit et que cet esprit n'est pas gêné par la barrière de notre peau ou de nos os.

Je philosophe, je rêvasse, et, pendant ce temps, Alex en a à peu près terminé.

Il est une heure de l'après-midi.

Il a commencé à opérer vers neuf heures du matin, et une centaine de personnes sont passées entre ses mains.

Cent personnes!

Il est assis, un peu hébété, sur sa chaise métallique. Les traits tirés par une fatigue profonde, les épaules courbées, il récupère, émerge doucement de sa transe.

C'est vrai, les dernières opérations ont paru plus difficiles, comme si son pouvoir s'affaiblissait avec la fatigue, comme s'il s'usait.

La foule n'est pas partie :

Elle s'est égayée autour du hangar en petits groupes familiaux ou nationaux, et les commentaires vont bon train.

Sur une table, une pile d'enveloppes invite les participants à glisser une obole anonyme.

Je vois des Américains nantis y glisser des coupures de cent dollars et, à côté d'eux, des Philippins du voisinage offrir un œuf ou une mangue. L'un d'eux a même apporté un poulet vivant.

Il y a des Européens de toutes nationalités, des Américains du nord et du sud, des Moyen-Orientaux, quelques Japonais, les six Soviétiques, et une nuée de Philippins espiègles et joyeux.

Il y a toujours deux mondes face à face :

D'un côté, les Occidentaux discutent gravement de ce qu'ils ont vu; cherchant le truc, la supercherie, se disputant et ne croyant vraiment ni leurs yeux, ni leur cœur.

De l'autre, les Philippins qui rient et plaisantent comme si cette série d'opérations leur paraissait la moindre des choses.

En fait, j'exagère un peu :

En effet, je découvre, sur les bancs du hangar, un groupe de Brésiliens et d'Américains qui prient et se recueillent.

J'ai l'impression que ceux-là ont su accepter avec simplicité et savent à qui adresser leurs remerciements.

Pour quelques pesos, nous achetons un petit opuscule relatant la vie d'Alex et expliquant son chemin vers cet apostolat. Puis, nous allons le saluer.

Il est aux prises avec un groupe de journalistes étrangers qui essaient de le piéger et se trouvent fort déconfits : Alex n'a pas d'explications à leur fournir, il a reçu son don de Dieu et n'en tire aucune conclusion, ni scientifique ni médicale.

Il voit l'aura des êtres et repère dans ce corps éthére les altérations du corps physique et leur localisation. Ses mains, sans qu'il ait à les commander, se dirigent d'elles-mêmes vers l'endroit à opérer...

Il s'interrompt quelques instants et nous confirme sa

venue cet après-midi à l'hôtel. Nous sortons et retrouvons la rue défoncée qui longe sa maison.

Ce n'est pas vraiment la ville, et pas non plus la campagne :

Chaque maison, souvent de bois, au toit de tôle peinte, est noyée de végétation, de fleurs croulantes ou de lianes envahissantes.

La jungle équatoriale ne demande qu'à reprendre possession de son domaine, dans cette chaleur humide où tout pousse et prospère. Par endroits, l'asphalte se soulève sous la pression des racines et des végétaux cherchant un chemin vers la lumière.

Je prends quelques photographies de l'environnement, et Charlotte me précède de quelques pas.

Je suis frappé par sa démarche :

Depuis un an, je me suis habitué à un pas hésitant, un dos un peu voûté... une avance timide et fatiguée qui ne ressemble pas à la jeune femme descendant la rue Maryland :

Les épaules en arrière, la poitrine en proue, attaquant le sol d'un talon énergique... c'est à nouveau ma puce petit soldat, courageuse et déterminée, d'avant toute cette grisaille.

Pour moi, ça vaut toutes les preuves, tous les scanners, les tests et les analyses.

En quelques jours, elle a complètement changé :

Depuis un an, elle se retranchait du monde des bien-portants, s'enfonçant peu à peu dans le brouillard gris de la maladie et de l'épuisement.

Ses affirmations étaient devenues doutes, ses certitudes, interrogations, et ses colères : molles protestations.

Et enfin, à quelques mètres de moi, je la vois

redevenue elle... Elle, la vie; la joie de la vie, la joie de l'amour.

C'est presque affolant de penser que quelques instants avant on l'opérait du cerveau... Elle devrait reposer inconsciente, intubée de partout, dans l'attente d'une réanimation en soins intensifs et d'une longue convalescence.

Et elle marche allègrement devant moi, en regardant jouer les enfants au milieu de la chaussée. Pour tout cela, pour ce talon qui sonne clair sur le bitume de Cubao, pour cette vie qui revient, je remercie Alex.

Plus tard, j'apprendrai à remercier Dieu.

CHAPITRE VIII

En quelques jours, nous sommes passés plusieurs fois sur la table d'opération de Cubao. Ce matin, mêlés à la foule des patients, nous attendons une nouvelle intervention.

Charlotte :

Quand mon tour arrive, je m'installe comme une « habituée », à plat ventre sur la table – c'est plus pratique pour Alex – et je m'apprête à remonter mes cheveux.

Il m'interrompt et me demande de dégrafer ma jupe et de la baisser légèrement.

Je fais semblant de ne rien entendre, et je continue à m'installer.

Il insiste :

« Non, non ! baissez votre jupe, s'il vous plaît ! »

Je persiste dans ma surdité, pensant qu'il ne m'a pas reconnue et me confond avec une autre... de plus, je n'ai pas envie de me mettre à moitié nue devant cent personnes.

L'assistante d'Alex rit de mon air interloqué et insiste à son tour :

« Aujourd'hui, le révérend veut vous opérer ailleurs. Ouvrez un peu votre jupe et baissez votre slip. »

J'obtempère, déconcertée, et je vois les doigts d'Alex se diriger vers le côté droit de mon bas-ventre. Il intervient comme d'habitude, mais cette fois il me fait un mal atroce :

J'ai l'impression que mon ventre va exploser ; qu'il y a un abcès plein de pus à l'intérieur. J'ai du mal à ne pas hurler, tandis que des larmes de douleur me jaillissent des yeux.

Il me retire des choses étranges, de filandreuses concrétions brunâtres, qu'il me montre, car, maintenant, confiante, je garde les yeux ouverts pendant ses interventions.

Je n'aurai jamais autant souffert depuis que nous sommes à Manille : non seulement il ne me soulage pas, mais en plus, il me fait horriblement souffrir.

Je sors de la salle pliée de douleur et demande à Vincent de me ramener le plus vite possible à l'hôtel : je suis au bord de la nausée.

Je me sens très mal, et en plus, je suis furieuse : j'ai vraiment l'impression d'une erreur.

Je passe l'après-midi sur mon lit, ruminant ma douleur et ma colère : je suis sûre qu'il m'a confondue avec je ne sais qui... Mais qu'est-ce qui lui a pris ?

Vers cinq heures, il arrive enfin, accompagné de Rosa.

Je la prends à part :

« C'est complètement fou : il s'est trompé. Ce matin, il m'a ouverte au ventre et m'a fait un mal abominable.

Elle éclate de rire.

– Mais il ne peut pas se tromper : je ne sais pas s'il vous a reconnue ou pas... En fait, ça n'a aucune importance... Il est absolument infaillible. Ce sont ses mains qui vous connaissent et vont directement là où vous souffrez.

– Écoutez, moi je veux bien... mais il m'opérait la tête depuis le début. Qu'est-ce qui lui a pris de m'opérer le ventre, tout à coup ? »

Rosa se tourne vers Alex qui a vaguement suivi cet échange rapide.

Elle lui pose quelques questions en tagalog, note ses réponses, et revient vers moi.

« Comme vous devez le savoir, vous avez un ovaire qui va très mal. »

Je dois en convenir : j'ai toujours eu des problèmes de ce côté-là.

« Mais quand même... je ne comprends pas... pourquoi ne m'a-t-il pas opérée de l'ovaire dès les premiers jours ?

– Il y avait beaucoup plus urgent à ce moment-là... vous ne pensez pas ? »

Elle m'explique alors qu'Alex n'a aucune nécessité de connaître le patient, son dossier ou l'historique de sa maladie.

Ses mains savent d'elles-mêmes aller là où il y a souffrance ou dysfonctionnement.

Je prends bonne note de ces explications, mais je suis quand même un peu sceptique... Dans les jours suivants pourtant, il interviendra, à plusieurs reprises, au même endroit.

Un jour, enfin, je lui pose la question de confiance :

« Ça fait bientôt deux semaines que vous me soignez, Alex... Pensez-vous pouvoir me guérir maintenant ?

– Oui... j'en suis persuadé.

– Pensez-vous que je doive encore rester longtemps ?

– Longtemps, je ne sais pas. Vous êtes pratiquement

guérie, mais votre organisme était complètement épuisé, et il faut maintenant que je vous rééquilibre en profondeur. »

Effectivement, les jours suivants, il m'opère de partout : au dos, au ventre ou à l'estomac. Un peu comme un acupuncteur qui soigne une sinusite en plantant des aiguilles dans les mains, le dos ou les pieds. Cependant, il intervient toujours à la base de la nuque, au niveau des cervicales.

Jour après jour, mon énergie revient, et je vais de mieux en mieux.

Je suis totalement détendue maintenant, et pendant les opérations, j'essaie de comprendre ce qui se passe, d'analyser ce qu'il fait.

Le mystère reste impénétrable : je ne vois pas quelle logique guide ses mains ici ou là sans qu'il ait paru réfléchir au préalable.

Un jour, d'ailleurs, j'en aurai l'éclatante confirmation :

Il arrive dans notre chambre avec son assistant qui m'avait si vigoureusement massée le premier jour.

Ils sont en pleine discussion, et me demandent l'autorisation d'allumer la télévision.

Il y a une retransmission de football, et je suis effarée de voir Alex commencer à m'opérer en suivant les péripéties du match.

Je suis furieuse : il risque de commettre une erreur, de m'opérer au mauvais endroit, et je ne suis pas rassurée. Mais je pense à ce que disait Rosa : ses mains seules agissent, son cerveau n'a pas besoin de participer.

C'est quand même très impressionnant de voir cet homme, les mains dans mon ventre, avec du sang qui coule, regarder tranquillement son match à la télévision.

Enfin... j'aurais quand même préféré qu'il se concentrât un peu plus sur mon cas!

Une semaine s'écoule encore, pendant laquelle il intervient quotidiennement.

Nous allons de plus en plus souvent chez lui. Je me sens chaque jour un peu mieux et remarque alors un phénomène amusant.

A chaque fois qu'il m'opère, Alex intervient également sur Vincent : pratiquement toujours dans la région du foie.

Le premier jour, il avait servi de cobaye, mais depuis, Alex l'a opéré une vingtaine de fois, et toujours au même endroit.

Vincent, arrivé à Manille dans une forme éblouissante, se traîne et commence à râler.

C'est amusant : plus je récupère mon dynamisme et plus il se dissout dans la chaleur moite des Philippines.

Vincent :

Un jour, j'interpelle Alex :

« Je sais que mon foie semble beaucoup vous intéresser, mais j'aimerais aussi que vous regardiez du côté de mes sinus où j'ai un problème chronique. »

Alex n'est pas un garçon contrariant :

Il me fait tourner la tête, et au sommet de mon nez, pénètre ma boîte crânienne... Il rentre dans mon front et j'ai une sensation inouïe :

Je sens physiquement quelque chose se déplacer dans mes sinus... comme un glissement.

Quand il a fini, il me rentre un doigt dans une narine et fait ressortir une sorte de concrétion blanche et dure par l'autre narine.

Je ne sais pas si c'est efficace, mais l'impression est tout à fait étrange.

Pour mon foie, Rosa me traduit l'explication d'Alex :

« Votre foie n'a rien de bien grave : il est simplement très engorgé, et Alex le draine quotidiennement pour qu'il retrouve son tonus naturel.

Mon Dieu, voilà, après tout, une explication qui en vaut bien une autre... pourquoi pas?

Pourtant, je ne suis pas entièrement satisfait. Je trouve étrange qu'Alex s'acharne avec une telle constance sur mon foie pour un simple engorgement. Je ne peux m'empêcher de penser à autre chose : quelque chose qui fait peur, dont le nom seul effraie.

Peut-être peut-il, à l'instar d'Agpaoa, retirer un cancer qui n'est pas encore déclaré, mais qui existe, tapi dans les cellules?

Peut-on parler de guérison préventive – plus que de médecine préventive?

Cette dernière s'attache à renforcer un terrain pour lui permettre de repousser les assauts de la maladie, elle le fera par un apport de vitamines, une musculation de la zone fragile ou un vaccin qui préparera l'organisme à l'attaque d'un ennemi bien ciblé.

Ce que fait Alex procède du même principe, mais diffère dans l'esprit et dans la forme.

Il semble voir l'organe en danger et en mesurer la complaisance à venir à l'égard d'une pathologie précise, puis il traite ce terrain en lui donnant les moyens de repousser l'agression.

Il est en fait un peu comme ces médecins chinois, attachés à la personne de l'empereur, que l'on mettait à mort si leur illustre patient tombait malade.

De toute façon, malgré mes questions réitérées, je n'obtiendrai pas de meilleure explication.

Ce soir, Jorg, le cousin de notre ami Jurgen, nous invite à dîner. Il a suivi de loin en loin les péripéties de notre séjour, car son travail l'accapare énormément, et il n'a pu se libérer autant qu'il l'aurait voulu.

Il nous a réservé une surprise pour le lendemain :

« Je viendrai vous chercher vers dix-huit heures. Nous irons chez un de mes amis philippins. Je crois qu'il a de grandes possibilités médiumniques et un réel talent de guérisseur. »

Charlotte est enchantée par cette éventualité. Je le suis beaucoup moins.

Je suis en overdose de merveilleux. J'ai envie de gens normaux, épais ou même rustiques, qui saignent s'ils se coupent, ont mal et cicatrisent péniblement; qui ne passent pas leur temps à retirer des choses dégoûtantes des corps d'autrui.

Je suis fatigué, et l'Asie commence à me sortir par les yeux, par le nez et par la peau : cette touffeur humide, cette foule uniformément brune aux cheveux lisses et aux jacassements sans fin, m'use. J'en ai assez de ce grouillement, de la misère, de l'odeur de marigot et de ce ciel de plomb : j'ai envie de villes suisses : propres et bien rangées, sentant l'eau de Javel et la savonnette : de gens sérieux et organisés... tout le contraire des Philippins.

Autant l'admettre : je suis d'une humeur de dogue.

Sur cette rencontre avec l'ami de Jorg, nous avons deux versions assez contradictoires : deux visions à travers des prismes de couleurs différentes.

Pour Charlotte, en état de grâce et de joie, définitivement conquise par ce pays et ses habitants, c'est un homme réellement doué de pouvoirs médiumniques, et sans doute un guérisseur...

Elle a, quand même, fini par admettre le bien-fondé d'une partie de mon scepticisme.

Pour moi, c'est un charlatan assez malin, peut-être pas malintentionné, mais rôdant son numéro à l'attention de touristes plus crédules et plus argentés. (Nous sommes en fin de séjour, et les fonds sont en baisse.)

Charlotte :

D'après Jorg, les choses se sont passées très simplement.

Son ami philippin lui aurait dit :

« Vous avez à l'hôtel des amis étrangers dont j'aimerais beaucoup faire la connaissance. »

Jorg ne voyait pas bien de qui il s'agissait : il avait deux ou trois visiteurs professionnels chaque semaine.

« Si, si, elle, c'est une femme très dynamique et lui, il a mal au dos. »

Je ris intérieurement : comme femme dynamique, on doit faire mieux! J'ai rarement été aussi fatiguée.

Cependant, je vais mieux, et après tout, c'est un but de promenade ou presque : l'occasion de découvrir un peu les Philippins, dont nous savons peu de choses.

En revanche, je n'ai absolument pas envie qu'il me touche. J'ai une confiance absolue en Alex, et instinctivement, je ne crois pas bon de mélanger les influences et les ondes de deux guérisseurs différents.

Mais, en même temps que ma santé, ma curiosité se réveille. Et j'ai envie d'en savoir un peu plus sur les guérisseurs.

Après tout, je découvre un monde nouveau, et je voudrais mieux comprendre : pouvoir répondre aux mille questions que je me pose.

C'est ainsi que nous allons faire connaissance de « brother Israël ».

Le lendemain, en compagnie de Jorg, un taxi nous dépose à l'entrée d'une étroite venelle qui s'enfonce dans un lacis inquiétant de cahutes de terre, de tôles et parfois de ciment.

C'est très pauvre, et pas vraiment rassurant. Le chauffeur du taxi refuse de pousser plus loin, et nous devons continuer à pied.

Jorg ne se rappelle plus exactement le chemin. Un jeune garçon nous guide, et après quelques détours, nous aboutissons à une très modeste demeure.

La maison ne comporte qu'une seule pièce, pratiquement sans meubles, à l'exception de deux banquettes de skaï noir, une table en contre-plaqué et deux bancs.

La femme de « brother Israël » se fait appeler « sœur » quelque chose.

Elle nous accueille avec le gentil sourire habituel aux Philippines, et nous attendons son mari en jouant avec les trois enfants du couple. Ils finissent par s'endormir sous les banquettes, à même le sol, presque nus.

Notre attente est de courte durée : son mari arrive très vite et se joint à nous.

Il doit avoir vingt-cinq ou trente ans, pour autant que

je sois capable de donner un âge précis à un Asiatique.

Il semble beaucoup plus érudit qu'Alex, s'exprime dans un anglais plus fouillé et utilise même des expressions un peu recherchées.

Il prend tout de suite la direction des opérations :

« Avant de faire connaissance, nous devons prier ensemble. Nous allons nous réunir à côté, car Dieu va s'exprimer par ma bouche. Attendez-moi quelques instants. »

Vincent lève les yeux au ciel : hilare.

Notre hôte disparaît dans une petite pièce contiguë qui avait échappé à mon attention. Il revient, vêtu d'une sorte de djellaba blanche, en nous priant de le suivre dans cette pièce.

Nous y allons... Jorg en confiance, moi prudente, et Vincent traînant carrément les pieds.

Sa femme et ses enfants se joignant au groupe, et si je me souviens bien... une grand-mère : la leur, ou une voisine.

Nous nous entassons dans ce qui se révèle être un placard d'un mètre cinquante sur deux mètres.

Il y a, perchée sur une étagère, la Vierge : enrubannée d'une guirlande électrique, elle clignote, entourée d'images pieuses à côté d'un magnétophone.

Sa femme s'empare de l'appareil pour enregistrer les paroles divines transmises par la bouche de son mari.

Puis, « brother Israël », les yeux clos et les bras au ciel, déclame un certain nombre de vérités premières avant de s'écrouler au sol, sous l'effet d'une transe, à la fin du message divin.

Je regarde Vincent qui n'a pas l'air d'apprécier et me

tire par la manche pour partir; partagé entre le fou rire, la colère et la claustrophobie.

A dire vrai, je ne me sens pas non plus très à l'aise devant cette démonstration un peu trop artificielle. Heureusement, le côté familial et bon enfant de la scène, les petits et la mémé, font passer ce côté racoleur et grandiloquent.

Enfin, nous sortons et nous installons autour de la table pendant que le frère se remet en tenue civile.

Vincent :

Dès le début, je n'ai pas aimé la situation, pas plus que le bonhomme... mon jugement est donc totalement partial et subjectif.

En entrant dans la maison, j'ai été frappé par la pauvreté et la propreté de la pièce.

Il n'y a rien, ou presque, mais c'est impeccable, et les enfants, qui somnolent sur les banquettes, sont beaux et paraissent bien nourris.

Je me sens un peu voyeur et je n'aime pas.

La femme du guérisseur est toute ronde, mignonne comme un cœur, et nous accueille comme de vieux amis.

C'est lui que je n'ai pas aimé :

Il est assez beau garçon... il parle bien... un peu trop bien, à mon goût... et Jorg semble boire ses paroles.

Au début, je supporte à peu près : « brother Israël » – puisqu'il se fait appeler brother... après tout, pourquoi pas ? – est en jeans et tee-shirt, et nous échangeons quelques banalités.

C'est après que tout se gâte :

Quand je le vois revenir, vêtu en gourou pour soixante-huitards attardés, je ricane.

Quand il nous entasse dans un placard à balais où il a fait brûler de l'encens, je ne ricane plus du tout : nous sommes assis par terre; sept ou huit personnes sur trois mètres carrés. L'obscurité est à peine dissipée par le clignotement multicolore d'une Vierge de plastique affublée d'une guirlande de Noël.

Et je suis malheureux.

Dire que je suis claustrophobe n'est qu'un mot : je suis claustrophobissime, et ne supporte pas l'entassement dans l'enfermement.

S'ajoutant à l'exiguïté de la pièce, la fumée lourde de l'encens rend l'atmosphère irrespirable, et au bout de deux minutes, je ne tiens plus.

Charlotte me presse la main à deux ou trois reprises en me faisant signe de ne pas m'agiter et de me tenir correctement, mais j'ai une furieuse envie de retrouver l'air libre.

Quand le gourou nous annonce qu'il va se mettre en transe et que Dieu parlera par sa bouche, je suis sauvé de la claustrophobie par le ricanement mécréant qui me gagne.

La situation sonne faux, ce type sonne faux : complètement bidon.

Nous avons droit à cinq longues minutes d'incantations en anglais; directement tirées de la Bible, avec un certain nombre de fautes de syntaxe qui me paraissent indignes de Dieu.

La mémé a l'air subjuguée par ce Dieu qui s'exprime en anglais, et sa femme enregistre, extatique, cette longue litanie.

Les enfants, sans doute accoutumés aux prophéties quodiennes, regardent leur papa faire le clown sans avoir l'air vraiment étonnés. Ils semblent plus intéressés par Charlotte et ses cheveux roux que par le discours divin.

Sur un dernier cri, le frère s'effondre sur le sol, dans un effet cinématographique garanti, en évitant précautionneusement une caisse.

Bien sûr, je suis un peu de mauvaise foi. Mais je n'arrive pas à accrocher à ce genre de cirque.

Quand je pense à la simplicité et à la gentillesse d'Alex, je ne peux m'empêcher de faire des comparaisons dont le « so called » brother Israël fait bien entendu les frais.

Suffoquants et rouges, nous regagnons enfin la grande pièce. Je n'ai qu'une envie : partir sans demander la suite. Retrouver la rue, l'air libre et des braves gens qui rentrent du boulot.

J'explose :

« Mais qu'est-ce que c'est que ce charlatan ! Foutons le camp avant qu'il nous demande de l'argent. Ce type est complètement bidon ! »

Je me suis exprimé en français, mais le mage me regarde quand même d'un sale œil.

Charlotte :

Je me rends bien compte que Vincent est furieux, et peut-être avec raison. Mais il y a quelque chose qui me retient et me donne envie de rester.

Nous abordons le problème de ma maladie : brother Israël affirme savoir de quoi je souffre et m'annonce qu'il va m'ausculter.

Je refuse :

« Non, merci. Je préfère que vous ne le fassiez pas. Je suis soignée par Alex et je ne crois pas cela souhaitable.

– Bon, bon. (Il a l'air un peu vexé). Si vous ne voulez pas, je ne vous toucherai pas. Nous allons discuter. J'ai des choses à vous dire : on me transmet pour vous des messages de là-haut.

On me dit que vous avez deux petites tumeurs situées ici... »

Il me les localise précisément et m'en énonce tous les symptômes avec force détails.

Vincent :

Pour moi, c'est d'une simplicité biblique : Jorg a suivi l'évolution de la guérison. Il est au courant de tout... des symptômes, du diagnostic et de l'amélioration actuelle.

Sans doute a-t-il tout raconté à son ami.

Charlotte :

Vincent a peut-être raison, mais, sur le moment, je suis interloquée.

Puis, brother Israël me propose une séance d'écriture automatique et se met à noircir du papier retraçant mes vies antérieures et mes antécédents karmiques.

Vincent :

Voilà bien un domaine où ce gugusse est sûr de ne pas être contredit.

J'ai lu son papier : il comporte autant de fautes d'orthographe et de syntaxe que l'incantation du placard. A croire que le monde des esprits est peuplé de cancres et de dyslexiques.

Charlotte :

« Pourquoi pas ? Peut-être s'expriment-ils en tagalog, et il traduit en anglais.

– Non. Pas en écriture automatique.

– Enfin, peu importe : je continue. »

Il me parle ensuite de mon aura dont il perçoit la couleur.

C'est la première fois que l'on me parle d'aura, de karma et de vies antérieures. Je suis très intéressée, malgré Vincent qui en a complètement marre et continue à piaffer d'impatience.

« Allez, foutons le camp. Ça suffit. Nous perdons notre temps avec ce guignol. »

Il ne se gêne même pas pour le dire à haute voix, tellement il est excédé.

Moi, je ne suis pas de son avis :

Bien sûr, ce type en fait un peu trop – sans doute à l'intention du crédule Jorg qu'il veut compter parmi ses disciples et sponsors – mais l'ensemble est très chaleureux et sympathique.

Sa femme ne veut d'ailleurs pas nous laisser partir : elle nous invite très simplement à partager leur repas avec une fraternelle hospitalité à laquelle nous ne sommes plus habitués.

Il est tard, maintenant, et il nous raccompagne jusqu'à la sortie de son barrio sinistre.

Cette protection paraît d'ailleurs très justifiée : nous apercevons de furtives silhouettes, des conciliabules inquiétants et retrouvons avec soulagement les néons et le bruit du boulevard Aurora.

Vincent :

Cela fait maintenant trois semaines que nous sommes à Manille.

Charlotte n'est pas encore redevenue ce phénomène d'énergie qu'elle était il y a deux ans. Elle a récupéré une grande partie de son tonus et c'est déjà un résultat fantastique.

Aujourd'hui, Alex est avec nous, dans notre chambre. Nos rapports sont devenus plus amicaux : on le sent heureux de nous avoir rendu l'espoir et le sourire.

Il n'est pas beaucoup plus communicatif, mais il y a tellement de bonté et de tendresse dans son attitude qu'il n'a pas vraiment besoin de parler.

Ce n'est pas le cas de Charlotte, qui a mille questions à lui poser :

« Alex... suis-je guérie ? Qu'en pensez-vous ? »

Il est très affirmatif :

« Pour moi, vous êtes complètement hors de danger. Il ne reste plus qu'à vous faire un check-up complet et vous serez une femme toute neuve... »

Elle irradie de joie devant cette tranquille assurance.

La confiance est totale.

Comment ne pas croire en l'homme qui vous a trouvée au fond de la nuit et vous a ramenée vers la lumière ?

Charlotte :

Pragmatique quand même, j'interroge le docteur Rosa, plus à même de répondre à ce genre de questions :

« Alors, qu'est-ce que j'avais exactement ?

– Alex pense que vous aviez deux petites tumeurs... là. »

En même temps, elle place son doigt sur ma nuque, derrière mon oreille gauche.

C'est étrange : alors qu'elle m'explique, dans une terminologie scientifique, les tenants et aboutissants de cette maladie, je me rends compte à quel point j'ai changé.

Moi qui avais tenu à savoir exactement de quoi je souffrais et avais effectué cette ronde médicale en quête de diagnostic... je m'aperçois maintenant que cela m'indiffère.

A des diagnostics péremptoires, doublés de savantes analyses... sans guérison, je préfère une guérison rapide et réelle sans diagnostic préalable.

J'aime mieux vivre en bonne santé, sans savoir pourquoi, que mourir parfaitement renseignée avec un dossier bien tenu.

Le seul intéressé à toute cette histoire, c'est mon corps.

Ce corps, je le sens vivre à nouveau : je sens l'air qui circule, le sang qui s'oxygène. Il ne m'est plus étranger : il m'appartient à nouveau.

Il parle presque normalement, marche sans tanguer, ne souffre plus à mourir de ces névralgies ou de ces nausées vertigineuses.

« Et ça pourrait recommencer ?

– Votre énergie va revenir progressivement dans le courant de l'année, mais le révérend aimerait que vous reveniez le voir d'ici un an. »

Je n'écoute la dernière phrase que d'une oreille : je suis habituée à ce genre de formule et n'y prête pas grande attention.

Par contre, j'interroge longuement Rosa sur d'autres cas proches du mien, et pendant une heure, elle me détaille différentes interventions d'Alex qui ont abouti à des guérisons spectaculaires.

De tous les cas qu'elle évoque devant nous, nous n'avons réellement retenu que celui de Petra Greenway, pour son exemplarité.

L'extraordinaire guérison de cette jeune femme avait d'ailleurs fait l'objet de plusieurs articles dans la presse et le journaliste et écrivain philippin Jaime T. Licauco l'a racontée en détail dans son livre *The magicians of God*.

Petra est allemande. C'est une jeune femme de vingt-huit ans, belle, dynamique et heureuse. Elle est interprète et mariée à un Américain.

Un jour d'avril 1978, elle débarque à Manille dans un état désespéré. A part son mari Gary, personne ne l'accompagne ni ne l'aide.

Elle a vingt-huit ans et elle va mourir. Elle est arrivée au bout de son chemin.

Elle ne tient que grâce à des doses massives de morphine qui n'arrivent même plus à contenir la douleur et ne s'accroche plus qu'à l'espoir.

Les médecins allemands qui la soignent lui accordent au maximum une espérance de vie de six mois... jugez plutôt :

Elle a deux tumeurs cancéreuses logées au plus profond du cerveau... inopérables sans conséquences gravissimes. Elle n'a plus aucune vision de l'œil gauche, un cancer du rein, un cancer du sein et la jambe gauche paralysée.

Les spécialistes de son pays ont insisté pour pratiquer une neuro-chirurgie afin d'essayer d'extirper les tumeurs du cerveau qui, pour eux, sont responsables au moins de sa cécité partielle et des douleurs atroces de sa tête.

Petra a refusé jusqu'à la dernière extrémité, avec obstination et contre toute évidence médicale; sachant parfaitement que ses chances d'en revenir guérie étaient infimes et celles de rester définitivement handicapée infiniment plus importantes.

Elle ne veut pas mourir à vingt-huit ans, ni devenir un légume atrophié qui passera le reste de son existence à bavoter dans un fauteuil pendant qu'on lui enfournera sa purée.

Elle n'a pas envie de servir de cobaye à des chirurgiens séduits par l'exemplarité de son cas... Qu'ils fassent progresser leur art, soit, mais pas à son détriment!

C'est à ce moment que, par le plus grand des hasards, elle tombe sur le livre que le docteur Stelter a consacré aux chirurgies psychiques des guérisseurs philippins.

Ce livre la bouleverse et la traumatise.

Il la bouleverse par l'espoir insensé qu'il fait naître et la révolte par les incohérences scientifiques qu'il révèle et qui heurtent son éducation, son sens de l'ordre et du progrès, et son respect pour la médecine officielle.

Pourtant, elle va jusqu'au bout et, petit à petit, se laisse envahir par un espoir immense.

« Si c'était possible... si c'était vrai... s'il y avait seulement dix pour cent de vrai. »

Impulsivement, elle décide de partir à Manille; tenter le voyage de la dernière chance.

Son mari, Gary, est sceptique, mais il aime sa femme et il prend toutes ses dispositions pour l'accompagner.

Il faut tout tenter pour la sauver, et puisqu'ici, en Occident, la boucle est bouclée, que les seules ouvertures dissimulent tant de risques et de désespoirs à venir... Il faut aller là-bas.

Petra ne regrettera jamais sa décision.

Elle voit d'abord un guérisseur qui lui avait été recommandé par un médecin allemand.

Il opère à mains nues comme elle l'a lu, et très rapidement, prétend l'avoir débarrassée de ses deux tumeurs au cerveau.

Sa confiance dans les capacités de ce guérisseur s'effrite quand il lui demande, à l'issue de l'opération, si elle souffre d'autre chose.

En effet, pour elle, si elle a bien compris ce qu'elle a lu, il est supposé le savoir sans avoir à le lui demander.

Elle souffre toujours et n'est absolument pas certaine d'avoir effectivement résolu quoi que ce soit quand, de retour d'une séance chez ce guérisseur, elle rencontre Alex Orbito dans le hall de l'hôtel, et après avoir parlé avec lui, décide de suivre son traitement.

Alex l'opère successivement des deux côtés de la nuque puis, les jours suivants, intervient sur son rein et sur son sein.

Après quelques jours, la douleur qui la torturait depuis des mois disparaît complètement et elle récupère la vision de son œil gauche.

Il semble que la tumeur exerçait une pression sur le nerf optique ou sur le centre de la vision, ce qui l'avait rendue aveugle depuis deux ans.

Petra est folle de joie... elle ne souffre plus, et elle voit à nouveau presque aussi bien qu'avant.

L'unique séquelle, à la fin de son séjour à Manille, est la paralysie de sa jambe gauche. Il y a amélioration, mais pas guérison complète.

Il faudra qu'elle revienne plusieurs fois voir Alex, pour récupérer une totale autonomie.

Quand elle téléphone à son médecin en Allemagne pour lui relater les péripéties de sa guérison et lui faire part des améliorations fantastiques de son état, elle se heurte à la stupeur indignée du praticien qui ne peut admettre une telle rémission (il ne parle même pas de guérison) et attend avec impatience son retour pour la soumettre à des examens.

Dans une lettre du 26 septembre 1978 adressée à ce journaliste philippin rencontré à Manille, Petra raconte son retour en Allemagne et évoque les tests qu'elle a subis.

Les radios, scanners, tomographies, mammographies, analyses d'urines spécialement dosées dans la recherche de tumeurs cancéreuses, se sont révélés complètement négatifs.

Les analyses sanguines n'ont pas été aussi bonnes et ont mis en évidence un affaiblissement de son système de défense immunitaire.

Son docteur lui prescrit un traitement destiné à renforcer ces défenses.

Petra ne semble pas trop soucieuse. Son corps et son intuition lui disent que le plus dur est passé et qu'elle n'a qu'à faire tout ce que son médecin lui ordonne pour être définitivement guérie.

Mais, pour cet homme et pour ses confrères qui participèrent aux investigations radiologiques et autres, le plus extraordinaire fut de constater qu'il n'y avait plus aucune trace de tumeur en aucune partie de son corps.

Son docteur n'a tout d'abord pas voulu y croire, et, comme il lui a dit :

« Si je n'avais pas personnellement constaté sans équivoque possible la présence de ces différentes tumeurs et apprécié leur caractère avant que vous ne partiez à Manille, je ne pourrais pas y croire et penserais à une supercherie. »

Petra exulte :

« Vous imaginez ce que cela représente pour moi. J'ai envie de crier ma joie au monde entier.

En plus, je reprends du poids, ce qui ne m'était pas arrivé depuis longtemps. Je n'aime pas tellement ça, mais mon docteur ne veut pas que je fasse un régime qui risquerait de m'affaiblir. Il pense que mon corps a besoin de reconstituer son potentiel et que cet excès de poids n'est qu'une compensation temporaire.

Après tout, il sera toujours temps de me préoccuper de ma ligne plus tard. »

Vincent :

L'histoire de Petra est exemplaire par l'incroyable défi qu'elle a représenté.

Les archives d'Alex, si elles existaient, fourmilleraient de milliers de guérisons, de rémissions, et également d'échecs, mais peu de cas ont été aussi extrêmes que celui de Petra.

Il est extrême par la quantité et la gravité des affections cancéreuses dont elle souffrait, ainsi que des séquelles qui en découlaient directement ou non.

Il est exemplaire par ce goût de l'acharnement thérapeutique que l'on peut rencontrer chez certains praticiens.

Souvent, en tout honneur, ils veulent tenter une chirurgie dont les effets directs ou secondaires peuvent être dramatiques pour l'intégrité physique ou mentale de leur patient, comme si seul l'aspect chirurgical semblait important.

L'important étant de localiser et extirper la ou les tumeurs et de mener à bien un acte chirurgical.

Mais l'important, ce n'est pas ça.

La vie, c'est un tout, et je ne vois pas l'intérêt d'avoir

des reins qui éliminent, un cœur qui pompe et des poumons qui purifient, si l'édifice n'est couronné que d'un cerveau éteint, rideau tiré sur le silence abêti.

Alex, au moins, n'a jamais estropié personne, et il ne bat pas la campagne pour recruter une clientèle.

C'est pourquoi nous n'avons cité que ces cas parmi les milliers, et tout au moins la dizaine que Rosa nous décrit abondamment.

Charlotte :

Le lendemain, Alex procède sur mon corps et celui de Vincent à une véritable revue de détail. Je ne sais pas s'il intervient sur les méridiens, le système lymphatique, sanguin ou nerveux, mais il va... sûr de lui comme toujours... d'un point à un autre. Pénétrant ici, et extirpant quelque chose, magnétisant là en imposant simplement les mains.

Puis, il nous libère, après ce dernier et exhaustif bilan :

« Voilà, vous pouvez rentrer en France maintenant. Vous êtes tout neufs. »

Je ne peux résister à mon impulsion : je ne lui serre pas la main comme d'habitude. Je l'embrasse chaleureusement, ainsi que sa femme.

Je suis heureuse, et ils ont l'air heureux de notre bonheur.

Pour la dernière fois, la fine silhouette d'Alex s'encadre dans notre porte : « Magicien de Dieu, homme de lumière, tu garderas avec toi un peu de notre cœur et toute notre tendresse. »

Nous avons eu la chance de rencontrer un être merveilleux au moment précis où nous en avions besoin...

CHAPITRE IX

Vincent :

Nous rentrons en France.

Le vol de retour ne semble en rien à l'autre : Charlotte est gaie, boit du champagne et visite les boutiques des escales comme une touriste normale.

Noël approche, et nos hottes sont remplies de cadeaux philippins et thaïlandais... un peu de soleil d'Asie du sud dans notre hiver parisien. Et notre plus beau cadeau : le rire de Charlotte... Charlotte guérie.

A Bangkok, le 747 se vide. Les passagers européens sont remplacés par une centaine d'enfants cambodgiens, petite fraction du contingent de réfugiés acceptés par la France.

Cent petites bouilles toutes rondes, aux grands yeux noirs, pétillent de joie et d'étonnement devant tout ce qui les entoure : l'avion cathédrale, les plateaux-repas multicolores, les hôtesses qui sentent bon. Ils volent joyeux vers ce pays nouveau, arrachés au purgatoire des camps, après l'enfer de Pol Pot et le massacre des innocents.

L'avion se transforme en garderie, et, jusqu'à Roissy, retentira de rires, de pleurs et de cavalcades.

Nous retrouvons Paris.

Paris décembre. Paris mouillé, glacé, après les moiteurs tropicales... Paris sommeil, après ce nouveau décalage horaire...

Charlotte :

Je suis guérie.

Je me sens miraculée.

Je n'ai plus mal. Ma tête est légère. Je marche normalement, parle normalement... Pour autant que cela ait une signification : je suis normale... à nouveau.

Bien sûr, je n'ai pas retrouvé la totalité de mon énergie, mais tout va bien et j'ai l'impression que je vais pouvoir reprendre mon travail, recommencer ma vie interrompue.

En fait... je n'ai encore rien compris.

Je n'ai pas très envie de raconter notre histoire : ce fantastique voyage dans le merveilleux, mais, pressée de toutes parts, j'en parle un peu aux intimes et à la famille.

Les réactions m'étonnent par leur diversité et la façon dont elles sont marquées d'affectivité.

Nous avons droit à un échantillonnage assez remarquable d'onomatopées incrédules ou enthousiastes, parfois même carrément agressives, même méchantes.

Dans la gamme possible des attitudes en face d'une telle histoire, il n'y a, en fait, de place que pour les extrêmes : on est passionnément pour, ou violemment contre. Ce n'est pas un sujet tiède, pour les modérés, pour l'indifférence.

Petit à petit nous réalisons le décalage, pas seulement horaire, le fossé qui s'est creusé entre Manille et la France.

Ce qui nous semblait là-bas chose commune, intervention routinière et somme toute banale, devient ici polémique et conte de fées.

Ceux qui nous connaissent bien n'étalent pas leur scepticisme, ayant mesuré Charlotte et sa totale loyauté. Sans doute, par-devers eux, pensent-ils que nous sommes les victimes d'un charlatan plus doué que les autres, et leur pitié bien intentionnée s'exprime par quelques tapotements amicaux.

Les autres réagissent... totalement.

Il semble que nous abordions un domaine qui touche au plus secret de l'homme.

Nous ébranlons les fondations mêmes de son édifice. Nous déstabilisons, nous dérangeons.

Nous ouvrons une porte qui était souvent condamnée... le placard aux sorcières, le cabinet noir.

Un jour, j'ai au téléphone le cardiologue de mon père qui m'avait recommandé le docteur Ch.

Après m'avoir rassurée sur l'état cardiaque de mon père, elle s'enquiert de ma santé.

Au début, elle ne comprend pas.

« Ah bon ! Vous allez mieux !

C'est mon confrère qui vous a traitée ?

– Ah non ! Pas du tout ! Votre ami, n'en parlons pas. Il m'a prise pour une ivrogne déprimée et voulait me soigner aux antidépresseurs.

Non, non, je suis allée à Manille me faire soigner par un guérisseur. »

Au milieu de ses interjections, étonnées d'abord, puis franchement incrédules, je lui décris en quelques mots les opérations que j'ai subies.

Je ne peux pas terminer. Elle m'interrompt, dans un déferlement d'indignation suffoquée.

« Comment ? Comment osez-vous me raconter des sornettes pareilles ? Comment une femme intelligente peut-elle se prêter à de telles supercheries ?

C'est impossible !... vous m'entendez !... impossible ! On ne peut pas pénétrer à mains nues dans un corps humain, a fortiori dans un crâne, et il n'y a rien à en retirer... C'est une histoire de fous... »

Elle hurle dans l'appareil, proche de l'hystérie, et je perds pied, n'ayant rien à opposer à ce tir de barrage.

« Ah ! Et puis tiens !... Il faut que je me calme, achève-t-elle ; on vient de me poser un holter * pour deux jours et je ne dois m'énerver sous aucun prétexte. »

Elle raccroche, furieuse.

Ce n'est qu'une anecdote, mais je me rends compte à quel point ce récit est mal accueilli en dehors du cercle familial, et je n'ai pas du tout envie de porter la bonne parole : je ne me sens investie d'aucune mission.

En fait, quand je raconte cette aventure, j'ai l'impression d'une histoire folle : Je suis repassée à nouveau de l'autre côté du miroir, celui de mon éducation et de mes certitudes anciennes.

* Enregistreur portatif de rythme cardiaque.

Je doute : je me dis que je n'ai pas vécu ces événements, que rien n'a existé... et pourtant... Pourtant, je sais que j'allais très mal et aujourd'hui, je me sens bien, régénérée.

En fait, je ne comprends toujours pas ce qui m'est arrivé.

J'ai simplement envie de reprendre ma vie là où je l'avais laissée, en octobre, mais je n'ai pas très envie de décortiquer ce qui s'est passé.

Alors, petit à petit, j'essaie de renouer les fils de mon travail, mais tout s'est désagrégé, s'est effondré pendant mon année d'absence.

Malgré tout, j'arrive à redémarrer quelques activités : je pars aux États-Unis où je retrouve Jurgen, pour étudier avec lui un projet immobilier.

Il est sidéré par ma transformation, même s'il joue un peu au blasé : je supporte aussi bien que lui la chaleur humide de la Floride et j'ai autant de dynamisme et de capacité de travail.

La vie reprend, la vie circule... c'est bon de se sentir exister, vibrer, aimer sans la présence permanente de la douleur et de l'angoisse.

J'ai encore un peu d'œdème, et me mets au régime. J'ai envie de redevenir belle et svelte, recoller à l'image de la jeune femme dynamique qui réussit dans la vie.

L'avertissement sans frais arrive un an plus tard.

Un an presque jour pour jour après Manille, j'ai une alerte qui me laisse tremblante de frayeur...

En quelques jours, tous les symptômes oubliés réapparaissent.

Ça commence par des migraines sournoises, temporaires, puis permanentes. A partir de la base de mon crâne, des douleurs violentes, comme des éclairs noirs, irradient mon cerveau.

A nouveau ma langue se refuse à exécuter les ordres venus d'en haut : je m'emmêle, fais de la dyslexie, oublie la fin de mes phrases et le nom des choses les plus simples.

Reviennent les nausées qui me tordent d'angoisse et les vertiges qui me laissent épuisée, au bord d'un gouffre noir.

Seule différence : au milieu de ce déferlement de symptômes trop familiers, je ne ressens pas la fatigue permanente qui fut ma compagne pendant plus d'un an.

Je me rappelle alors notre dernière entrevue avec Alex :

« Revenez me voir d'ici un an... »

Je cauchemarde :

« En fait, il ne m'a pas guérie. Il m'a seulement accordé un sursis. Il m'a donné un peu de temps pour prendre conscience de mon corps et de ma vie. Il m'a rechargée en énergie et la pile est à nouveau épuisée.

D'ailleurs, “ brother Israël ” me l'avait bien dit : je devais changer de vie. Je devais modifier ma vie, tant physique que spirituelle... mon alimentation, mes stress, mes soucis, mon agitation de femme d'affaires... tout cela devait être revu, repensé.

On m'a envoyé un signe clair et je n'ai rien fait.

Je n'ai rien appris, rien compris.

On m'a donné du temps et je l'ai gaspillé : je me suis contentée de reprendre ma vie là où je l'avais laissée, comme si rien ne s'était passé.

Quelle imbécile!

A Manille, on m'a ouvert les yeux sur d'autres chemins, sur l'autre côté du miroir : Et j'ai refermé la porte, dès mon retour : je me suis replongée dans l'agitation des affaires et la vanité du monde. »

Je ne veux pas retourner à Manille à la moindre alarme. Je ne veux pas dépendre d'Alex pour mon présent et mon futur.

Tout est changé, aujourd'hui : je suis forte, j'ai de l'énergie, et sais à peu près de quoi je souffre. Je n'ai qu'à me prendre par la main et aller au bout de mon raisonnement.

Très vite, j'obtiens les rendez-vous nécessaires et je vais consulter en neurologie, à l'hôpital.

Les premiers résultats sont désastreux : radio du crâne mauvaise *, électro-encéphalogramme perturbé et, là ou la doctoresse s'attend au pire : scanner normal... de tumeurs, point; pas plus bénignes que malignes... Rien : tout est propre.

Quand elle me propose une ponction lombaire comme dessert, je me fais évasive : j'évoque la possibilité de m'en occuper à Beyrouth, avec mon docteur, et me sauve en courant.

Je me retrouve dans le froid de l'hiver, au milieu de la cour de l'hôpital, avec mon dossier sous le bras.

* Hyper-vascularisation du côté gauche.

Il fait glacial : un aigre vent mouillé me jette à la figure les dernières feuilles mortes, mais je n'ai pas froid, je ne sens rien.

Je suis sereine et calme.

Je commence à entrevoir quelque chose : je commence à comprendre.

Je pense qu'« on » m'a envoyé cette maladie, cette pénible épreuve pour me faire avancer... vers quoi ? vers qui ? Je ne sais pas.

Le voyage à Manille et la découverte d'Alex ont été le déclic et le sésame; et je suis restée plantée un an devant cette porte dont je tenais la clé.

On m'envoie un rappel. Cette fois, il faut réagir.

Je réagis.

Je réalise que le chemin à parcourir est long; j'imagine les difficultés et les cailloux qui le parsèment, sans voir à quel point il est montant.

Mais globalement, je visualise le complet bouleversement que doit subir ma vie.

Alors, en Auvergnate prudente et mesurée, je décide de prendre les problèmes un par un, en commençant par celui qui a tout déclenché :

La santé.

Ma santé.

L'alimentation, l'énergie, le stress, la maladie... Je lis beaucoup.

Je découvre un monde nouveau, des mots nouveaux. J'apprends des évidences : « Nous sommes ce que nous mangeons. »

Voilà bien une phrase-sésame.

Depuis toujours, je me suis nourrie, comme la plupart de mes concitoyens, de ce que me proposaient les magasins, sans faire beaucoup de nuances ni chercher bien loin.

Mon alimentation était essentiellement dirigée par le goût des choses, en dehors des considérations d'apport vitaminique ou de leur valeur nutritive.

J'apprends petit à petit à faire connaissance avec mon corps.

En fait, je n'avais qu'une idée approximative et scolaire de son fonctionnement et, poussée par l'urgence de la vie, n'avais jamais eu l'occasion de m'y intéresser en profondeur, d'autant moins qu'il fonctionnait sans problème.

Je rencontre des médecins à la recherche de lumières nouvelles, de plus d'ouverture : des ostéopathes, des naturopathes, des chiropracteurs... Je m'intéresse aux régimes végétariens, aux cures de jeûne et aux techniques de relaxation.

Petit à petit, je réalise à quel point mon corps était maltraité. Et, jour après jour, je modifie ma façon de m'alimenter, ma façon de vivre.

J'apprends l'énergie : ce fantastique mouvement qui permet à certains d'être actifs et dynamiques vingt heures par jour, alors que d'autres doivent arracher chaque mouvement, chaque décision à un corps qui se traîne, et je m'y intéresse essentiellement, parce qu'elle m'abandonne...

Insidieusement, sans presque m'en rendre compte, ma façon de penser évolue aussi, de voir le monde... et le monde qui est derrière le miroir.

Et comme toujours quand on emprunte une route nouvelle, on rencontre les riverains de ce chemin et les voyageurs qui suivent la même route.

J'apprends à mieux comprendre le sens de la vie et de la vie d'après.

Je réalise à quel point ma culture de catéchumène

scolaire, faite de par-cœur et de connaissances prédigérées, avait étouffé ma curiosité, asséché ma soif de savoir.

A travers des livres et des rencontres, j'apprends que l'on peut poser un autre regard sur notre monde... le pouvoir, l'argent, l'amour... toutes nos certitudes ont peut-être d'autres facettes.

J'apprends à mieux maîtriser mon corps et à privilégier l'âme qui le sublime.

La douleur, à nouveau, régresse, les symptômes disparaissent et l'énergie revient.

C'était seulement un avertissement.

Je vis une année passionnante, de découvertes en découvertes. Je mesure l'étendue de mon ignorance, et j'en reste confondue : à quel point je m'étais laissée enfermer dans des schémas de vie ne débouchant que sur la réussite sociale.

La seule valeur qui émerge intacte de ce cheminement, celle qui a résisté à tous les mirages et ne s'est pas desséchée au cours de ces années, c'est l'amour. Au contraire, j'en découvre la profondeur et les multiples splendeurs.

En une année, j'apprends plus de choses essentielles que dans toute ma vie.

Je suis heureuse.

Fin 1983, j'ai une alerte.

Un examen de routine détecte une grosseur dans le sein gauche.

Une mammographie confirme, mais rassure : il s'agit d'une mastose sans aucun caractère pernicieux.

Je n'ai pas envie de suivre un traitement hormonal, pas envie de chimie... et puis, il doit faire si bon à Manille! J'ai envie de revoir les Philippines et Alex.

Nous réussissons à intégrer, dans un voyage d'affaires à Hong Kong et Bangkok, un séjour à Manille et, joyeux, nous reprenons la route du Sud-Est asiatique.

Ce voyage est très différent du premier. Je profite de tout : à Bangkok, je me laisse reprendre par le mirage coloré de l'Asie. Nous visitons, émerveillés, des temples dans la jungle; parlant de splendeurs oubliées, de sagesse infinie et de sérénité paisible. Nous sommes sur tous les klongs, tous les marchés, frottés de la sensualité un peu lourde des Thaïs, alanguis de mollesses safranés... envoûtés.

Puis nous continuons vers le Sud-Est et retrouvons Manille où notre première visite, valises à peine débouclées, est pour Alex.

Depuis deux ans, il n'a absolument pas changé : il est resté aussi souriant et gentil.

En revanche, il ne me reconnaît pas.

Je suis un peu déçue.

Un peu désappointée : Alex a été si important pour moi, à un moment charnière de ma vie! Le moindre de ses traits est à jamais gravé dans ma mémoire. Pourtant, c'est un peu idiot... et Vincent me le fait remarquer : en deux ans, Alex a dû soigner entre cinquante et cent mille personnes. Cela n'a vraiment rien d'anormal et le contraire aurait été étonnant.

Alex me prend la main et me regarde plus attentivement. Ses yeux s'éclairent :

« Je me suis déjà occupé de vous. N'est-ce pas ? Et je vous ai guérie...

Alors nous sommes amis. »

Et de nous embrasser comme du bon pain.

Pendant quelques instants, nous bavardons. Ses progrès en anglais ne sont pas évidents et nous restons dans le domaine des enfants qui grandissent, de ses voyages qui sont de plus en plus nombreux et contraignants.

Ayant épuisé sa courte provision de langues étrangères, Alex me fait allonger sur le divan, qui occupe une partie de son petit bureau à l'hôtel Ramada.

Sans s'informer plus avant, sans me poser de questions sur ce qui m'amène à nouveau chez lui, et sans me demander ou me donner la moindre explication, il me fait ouvrir mon chemisier et enlève mon soutien-gorge.

Immédiatement, ses mains viennent se poser sur mon sein gauche.

A aucun moment, il ne s'est préoccupé de ma nuque ni de mon cerveau, objet de ses soins attentifs deux années auparavant. Il s'est encore moins intéressé à mon ovaire, qui avait semblé le passionner à cette époque.

Alors que, nulle part dans la conversation, je n'ai abordé le sujet qui m'amenait à Manille, qu'en aucun cas je n'ai parlé de mastose ou de sein, il n'a pas hésité une seconde et s'est automatiquement dirigé vers la zone suspecte... c'est incroyable !

Je retrouve des sensations oubliées : une griffure sur mon sein, une sensation de fouissement, de succion accompagnée de bruits spongieux.

J'ai gardé les yeux clos... une petite anxiété retrouvée, mais il m'interpelle gentiment :

« *Open your eyes and have a look!* * »

J'ouvre les yeux pour le voir extirper une petite masse filandreuse et sanguinolente qu'il dépose dans une soucoupe.

En même temps, il me rassure :

« Ce n'est rien de grave; rien du tout. »

Ses mains m'explorent rapidement.

« Vous allez bien, maintenant. L'énergie circule et votre tête est guérie.

Revenez demain, pour un check-up complet, et ce sera tout. »

Comme avant, il opère Vincent au foie, ce jour-là et le lendemain où il intervient en divers points de nos corps.

Nous sommes rassurés.

Alex a dit que nous allions bien :

Alors, pourquoi ne pas prendre quelques vacances ?

J'avais une idée derrière la tête en venant à Manille :

Après avoir vu Alex, je voulais faire une enquête sur les guérisseurs philippins.

Dans les films ou les livres sur les chirurgiens à mains nues, il est très souvent question de charlatans.

Si le livre ou le film est honnête, l'information est contradictoire. S'il est partial ou orienté, on ne parle que des charlatans, espérant, à travers cette cible facile, démonter et détruire l'ensemble du phénomène.

* Ouvrez vos yeux et regardez!

D'après ce que nous savons, la plus importante confrérie de guérisseurs se trouve à Baguio, à deux cent soixante kilomètres au nord de Manille, dans l'île de Luzon.

Nous louons une voiture, et après nous être péniblement extirpés du fatras automobile de Métro Manila, nous prenons la route du Nord.

C'est d'abord la plaine : voilée de brume, de chaleur, quadrillée par les diguettes des rizières où se découpent les épaisses silhouettes des buffles.

Animal à tout faire, il tire les rudimentaires instruments agricoles, nourrit les paysans de son lait, de sa viande, et enfin leur donne son cuir. Même ses cornes robustes sont utilisées, sculptées ou décorées, pour être vendues aux touristes.

Nous traversons des villages noyés dans la verdure. Simples cahutes de bois et de bambous d'une seule pièce, la plupart des maisons reposent sur des pilotis de deux mètres de hauteur : unique protection contre tout ce qui rampe et trottine la nuit.

Il n'existe bien entendu, ni électricité ni eau courante dans ces hameaux, mais leurs habitants sont propres et souriants.

Un de ces villages nous accueille en fanfare, et nous y faisons halte.

Sur la place principale, devant la maison commune, sont rassemblées plusieurs centaines de majorettes avec shakos, mini-jupes et bottines impeccables... La moyenne d'âge est de cinq ou six ans. Il y a même quelques bouts de choux de trois ans à peine... les plus sérieux de tous.

Groupées par villages, elles attendent d'entrer en lice

pour le grand concours annuel des majorettes de Luzon.

A tour de rôle, chaque groupe, d'une cinquantaine de fillettes, défile, précédé de son orchestre, faisant virevolter les capes et tournoyer les sticks.

C'est ravissant : la gaieté des uniformes, chamarrés à souhait, et l'enthousiasme des jeunes interprètes pallie largement leur inexpérience.

Ça joue comme ça peut, avec beaucoup de couacs, car l'âge des musiciens n'excède pas de beaucoup celui des majorettes.

Les fillettes paradent avec application, couvées des yeux par les parents venus souvent de fort loin encourager leur progéniture.

Le plus étonnant est la blancheur immaculée des uniformes, les plis impeccables des jupes et des pantalons. Comment font-ils, dans ces cahutes poussiéreuses sans eau ni électricité, pour laver et repasser ces tenues ?

Et surtout, au milieu de leur dénuement, où trouvent-ils l'argent pour payer tout cela : les instruments de musique, les uniformes, le voyage et les festivités qui suivent ?

Heureusement qu'aux Philippines les pauvres ont conservé le sens de la fête... sans cela, la pauvreté serait sans doute insupportable.

Tous deux, nous pensons à nos fêtes de villages, en France, qui ont perdu toute spontanéité : tuées par la télé, la consommation, et notre individualisme frileux de nantis.

Nous regrettons de ne pas passer Noël aux Philippines. Ça doit être une fantastique explosion de joie et de couleurs... Il faudra revenir.

Les premiers contreforts montagneux annoncent l'approche de Baguio.

Nous traversons encore une bourgade jouxtant un immense camp militaire américain... Quelle différence avec nos majorettes : le village entier semble un immense B.M.C. Les échoppes de souvenirs, de films porno, d'accessoires de toutes sortes le disputent aux bars louches et aux maisons de rendez-vous.

Heureusement, nous retrouvons vite l'air plus pur et plus frais de la montagne.

La température se rafraîchit, au fur et à mesure que la route s'élève dans un enchevêtrement de lianes et de cascades qui jaillissent d'une végétation en lutte permanente contre sa propre croissance.

C'est un débordement dans des à-pics vertigineux, de plantes aux feuilles immenses, hypertrophiées; de fleurs inquiétantes. Un jaillissement irisé de millions de gouttes d'eau où rebondissent les cascades.

Les cris suraigus des singes et des oiseaux fous, que se renvoient les flancs des montagnes, complètent ce décor tout à fait étonnant pour des gens d'Occident.

Un indigène, couvert des cheveux aux pieds de boue grise séchée et vêtu d'un simple pagne, donne le point d'orgue : nous retrouvons les premiers âges de l'humanité, dans un monde presque vierge, et d'une beauté fantastique.

Le lendemain, nous nous installons à Barguio. C'est une ville de cinquante à cent mille habitants, selon la saison : beaucoup de Philippins y possèdent une résidence d'été.

Située à mille cinq mètres d'altitude, bâtie à cheval sur plusieurs collines, Baguio bénéficie d'un climat beaucoup plus tempéré que Manille.

« Clark base », la plus grande base américaine du sud-est, en assure la prospérité pendant la saison creuse.

C'est là que nous commençons notre enquête.

Agpaoa, le plus célèbre des guérisseurs, est mort il y a un peu plus d'un an, d'une crise cardiaque, au volant de sa voiture : nous ne le verrons donc pas.

Nous sommes un peu déçus, car nous avions lu, à son sujet, des témoignages fantastiques, et attendions beaucoup de cette visite.

Parmi les guérisseurs « sérieux », nous avons entendu parler également de Placido Palitayan.

Nous avons quelques difficultés pour le localiser... fausses adresses, charlatans se faisant passer pour lui, rendez-vous reportés, etc.

Nous réussissons enfin à obtenir une entrevue, et nous allons chez lui.

Jusqu'à présent, on nous en a dit le plus grand bien, et il semble jouir d'une bonne réputation dans la ville.

Nous convenons que Vincent, dont le foie n'a cessé d'intéresser Alex, sera le malade. Je me contenterai d'accompagner et de regarder de près comment il s'y prend.

Il opère selon le même principe qu'Alex. Il n'y a ni paquets de coton, ni trucage apparent. Il intervient à mains nues après avoir invoqué la puissance divine et avoir, étrangement, enduit le « champ opératoire » de Vicks Vaporub.

Nous n'arriverons pas à savoir en quoi cette mixture balsamique facilite ses interventions, mais nous ne mettons pas en doute le caractère « psy » de ses opérations.

Vincent retrouve pendant l'opération les mêmes sensations que chez Alex, et le résultat apparent est très proche. Comme il ne souffre réellement d'aucune maladie répertoriée, il ne nous est pas possible de témoigner honnêtement de ses qualités de guérisseur.

Vincent :

De retour à l'hôtel, nous comprenons, en essayant d'obtenir d'autres rendez-vous, comment opèrent les rabatteurs qui alimentent les charlatans.

C'est tout à fait imparable pour un étranger qui débarque sans renseignements précis, possédant pour tout viatique le nom d'un guérisseur connu.

A l'aéroport ou à l'hôtel, le voyageur, déjà affaibli par la maladie, fatigué par un long voyage et le décalage horaire, perturbé par le climat, la langue et l'ambiance, se renseignera auprès d'un réceptionniste ou d'un chauffeur de taxi.

Dans l'hypothèse où il connaît déjà le nom d'un guérisseur, il demandera à être conduit chez celui-ci.

Le chauffeur de taxi – ça tombe bien – connaît justement fort bien ce guérisseur : c'est un ami. En se recommandant de cette amitié, il obtiendra bien un rabais pour son client étranger, car ce saint homme ne prend pas moins de deux cents dollars par intervention.

Bien entendu, en fait de Placido ou de Joséphine, il l'emmènera chez un comparse qui se présentera comme le guérisseur recherché et opérera le pauvre homme... Essentiellement, au niveau du portefeuille.

Revêtu d'une tenue propre à inspirer le respect, dégageant une forte odeur de sainteté faite d'encens, d'huile de coco et de musc, le faux guérisseur va opérer un simulacre de chirurgie à mains nues.

Il dissimule préalablement, dans des paquets de coton hydrophile, des ampoules de sang, et des viscères de volaille ou de lapin.

Certains utilisent des liquides qui, d'apparence aqueuse, se colorent de rouge au contact de l'air.

D'autres, plus habiles encore, ne dissimulent pas le champ opératoire sous des paquets d'ouate mais, en fantastiques manipulateurs, font apparaître les soi-disant concrétions extraites des corps après un tour de passe-passe.

Après force tiraillements, pincements de la peau, accompagnés de solennelles incantations joyeusement entonnées par sa famille qui l'assiste, il semble extirper du corps de sa victime des cancers, des kystes, et tout ce que le malheureux voudra bien croire.

Si le simulateur sent sa victime prête à suivre un long traitement, on l'enverra chercher, le lendemain, à son hôtel.

Raccompagné par le chauffeur de taxi, dûment commissionné, la plupart du temps de nuit, le malheureux sera bien incapable de décrire l'endroit où il a été détroussé, dans le lacis des ruelles et sentiers perdus dans la jungle et les multiples collines de Baguio.

D'ailleurs, il ne se plaindra, le plus souvent, jamais : il ignorera toujours qu'il a été berné. Le lendemain, il sera prêt à suivre à nouveau ce chauffeur de taxi, si sympathique, ou un autre qui connaît un bien meilleur guérisseur. Bien sûr, celui-ci prend plus cher... autour de quatre cents dollars... c'est un homme affligé d'une nombreuse famille. Mais, pour cette somme, le sympathique chauffeur se fait fort d'obtenir qu'il se penche sur le cas de son ami étranger et le débarrasse de ses tumeurs... et de ses économies.

Ces individus douteux causent énormément de tort aux quelques vrais guérisseurs.

Ils s'agitent, prospectent et drainent une partie non négligeable des patients en quête de miracle.

Ils sont d'autant plus dangereux que les guérisseurs reconnus ne font, en général, aucune publicité : seul le bouche à oreille permet de les découvrir.

Et pour un œil peu averti, il n'y a aucune différence entre un guérisseur de la foi et un charlatan.

Il faut donc connaître personnellement le guérisseur, ou être accompagné d'une personne honnête qui le connaît physiquement.

C'est un peu triste et décevant de découvrir cet aspect sordide, cette exploitation de la souffrance.

Mais, après tout, c'est humain, et sans doute nous sommes-nous forgé une image un peu trop angélique des Philippines.

La prostitution des enfants existe, et une misère souvent effroyable. Le dépôt d'ordures que des centaines d'enfants fouillent jour et nuit est une réalité. Les bidonvilles ne sont pas une vue de l'esprit, et les charlatans sont légion récoltant une partie de la manne constituée par les charters d'Occidentaux crédules.

Il y a du gris et du noir, du triste et du sordide, dans ce pays... Nous avons eu la chance d'en voir surtout le côté lumineux : c'est aussi une question de choix et de regard.

Pour clore le chapitre des charlatans... puisqu'il semble que cet aspect de la controverse sur les guérisseurs philippins soit le seul retenu par les porte-parole de la Faculté, j'ajouterai ceci :

Il n'existe pratiquement pas de corps de métier qui ne possède sa légion de charlatans. Nous nous sommes tous plaint de garagistes dont les factures se gonflent en proportion directe avec notre ignorance mécanique, de bouchers nous vendant de la viande hachée pour du bifteck ou de dentistes nous faisant revenir douze fois pour des séances à rallonge.

Ce n'est pas pour autant qu'en ayant pris un sur le fait, nous condamnons l'ensemble de la profession incriminée, et vouons aux gémonies tous les praticiens de cet art.

Je pense à un film, censé présenter les guérisseurs philippins, dont le but non avoué était essentiellement d'en finir avec cette histoire.

Les commanditaires de l'œuvre, à dessein, avaient choisi le manipulateur le plus suspect, utilisant une boîte de coton hydrophile pour dissimuler chaque intervention et se livrant à des pantomimes grotesques pour égayer son numéro.

Il n'y a pas eu enquête, comparaison, critique raisonnable, recherche d'autres guérisseurs plus convaincants.

Il s'agissait de détruire un mythe et on n'a pas lésiné sur la caricature.

CHAPITRE X

Quelques notes au sujet des guérisseurs de la foi :

On les appelle ainsi – *faith healers* – ou bien « chirurgiens à mains nues », « chirurgiens psy ».

Alex Orbito définit tout d'abord nos différentes possibilités de guérison. Il cite, dans un ordre d'intérêt et d'efficacité décroissant :

La prière : car la guérison de l'âme est, pour lui, l'événement réellement important.

Le miracle divin : Lourdes, par exemple.

L'autoguérison : le corps rejette de lui-même, par les anticorps qu'il fabrique, la maladie.

Les guérisseurs médiums qui opèrent en intermédiaires du pouvoir divin.

Les médecines naturelles.

Les plantes, les simples, le jeûne et la méditation.

Les médicaments homéopathiques.

Les médicaments allopathiques.

La chirurgie.

Pour Alex, l'agression résultant de l'ouverture d'un corps au moyen d'un acier tranchant est un traumatisme caractérisé qui s'inscrit profondément dans la mémoire de nos cellules sous forme d'un stress.

Il ne nie bien entendu pas les fantastiques capacités de

la chirurgie moderne. Mais pour lui, il s'agit là d'un dernier recours, quand tout a échoué, et non pas d'une démarche prioritaire.

La deuxième définition qualifiera l'intervention d'un guérisseur tel que lui :

Il n'y a ni fraude, ni supercherie.

Il n'y a pas d'anesthésie.

Il n'utilise ni scalpel, ni lames de rasoir, ni rien de tranchant pour ouvrir les corps.

Son intervention dure entre une et cinq minutes.

Il n'oblige pas le patient à revêtir une tenue spéciale, et n'impose aucune asepsie particulière.

Il ne cause que très peu de souffrance, ou aucune, à son patient.

Il n'y a aucun choc opératoire.

Il ne subsiste aucune cicatrice après l'intervention.

A partir de ces définitions, Alex admet l'existence de nombreux charlatans, mais les excuse, en invoquant la pauvreté de son pays.

Il explique également certains trucages qui ont été observés, même avec des guérisseurs connus.

La capacité de soigner d'un guérisseur n'est pas permanente. Certains jours, il peut être incapable de réaliser une chirurgie à mains nues : spécialement après une intense activité sexuelle.

Certains rencontrent de longues périodes de complète stérilité où ils sont incapables d'opérer. Cela peut être la conséquence de problèmes domestiques ou familiaux, d'ennuis d'argent, etc.

Si, à ce moment-là, ils subissent la pression de journalistes, de cinéastes, qui veulent absolument réaliser un article ou un film, ils peuvent céder à la nécessité : pour ne pas décevoir ces gens venus de très loin, il leur arrivera de s'abaisser à des tricheries.

Certains, très efficaces chez eux, sont totalement incapables d'opérer en présence de caméras, de projecteurs ou dans un environnement qui ne leur est pas familier.

Alex nous raconte qu'après un séjour assez mouvementé en Allemagne où il avait risqué la prison, il s'était trouvé très affaibli et dans l'incapacité d'opérer plus de cinq à six personnes par jour.

Il explique cela par le dépaysement, la fatigue du voyage, le froid, la nourriture, et des vibrations différentes.

En revanche de retour à Manille, il récupère toutes ses facultés pour effectuer des matérialisations et des guérisons.

Ce qui étonne toujours Alex, c'est la popularité des guérisseurs philippins à l'étranger où ils font l'objet de nombreuses publications.

Chez eux, on les considère comme des rebouteux au service des malades, et ils ne jouissent d'aucune considération spéciale... Nul n'est prophète en son pays.

C'est peut-être un réflexe bien normal. Un pays qui accède à la modernité a tendance à jeter aux ordures sa mémoire ancestrale, ses médecines naturelles et ses sorciers, pour les remplacer par du béton, du plastique et des industries pharmaceutiques.

Il n'y a qu'à attendre le retour de manivelle.

Depuis Paracelse, un fossé a toujours existé entre la médecine officielle, les médecines intuitives et les remèdes de bonne femme.

Aux Philippines, on retrouve la même dichotomie, le même ostracisme.

Il y a beaucoup de guérisseurs de la foi aux Philippines. On estime leur nombre à trente ou à mille, selon la définition que l'on en donne.

Ceux qui pratiquent les extraordinaires opérations de chirurgie à mains nues sont moins de vingt.

L'Église qui les forme et les regroupe : « *La Union Espiritu Cristiano de Filipinas* » en a reconnu seulement cinq.

Parmi les cinq... Alex Orbito *.

C'est une petite bourgade paisible au nord-ouest de Manille.

Ses parents étaient des gens pauvres : des métayers cultivant les terres d'un propriétaire.

En riant, Alex se félicite que le contrôle des naissances n'ait pas été inventé à cette époque, car il serait resté dans les limbes : il est le plus jeune d'une belle famille de quatorze enfants.

Il en reste six, aujourd'hui. La plus âgée de ses sœurs est médium, et deux de ses frères sont également guérisseurs. Mais Alex est le plus doué de la famille, et le plus connu des trois.

Qu'il soit devenu guérisseur n'a rien d'étonnant en soi : il est né au milieu d'une famille très versée dans ces disciplines. En effet, ses parents étaient des membres très actifs de l'Église Spiritualiste, et sont

* Alex est né en novembre 1940 dans le barrio Nagkarlan, Cuyapo, Nueva Ecija.

même considérés comme les cofondateurs de ce mouvement.

Jusqu'à l'âge de quatorze ans, Alex mène la vie normale d'un adolescent pauvre. Il n'est ni bon ni mauvais à l'école et la quitte à cet âge, à cause des difficultés financières de sa famille.

C'est à cette époque qu'un rêve toujours semblable, où il se voit guérir des multitudes, vient troubler ses nuits.

Il n'y prête pas une grande attention jusqu'au jour, inoubliable, qu'il raconte :

« Un matin, de bonne heure, pendant mon déjeuner, on m'avisa qu'un de nos voisins me cherchait.

J'allai au devant de lui : cet homme, que je connaissais à peine de vue, me pria de l'accompagner auprès de sa mère souffrante, paralysée depuis dix ans.

Cette femme avait rêvé, la nuit précédente, que je la guérissais : elle avait envoyé son fils pour me guider vers elle.

A ce moment-là, je me souvins de mes rêves prémonitoires. Je demandai conseil à ma mère, qui vit là un signe divin et décida de m'accompagner.

Ensemble, nous suivîmes ce voisin qui nous emmena à plus d'un kilomètre de là.

Quand la paralytique me vit, elle s'exclama :

“ C'est vous! C'est bien vous que j'ai vu dans mon rêve! J'en suis sûre! ”

Je ne dis pas un mot : j'étais anxieux et me sentais très gauche.

Je saisis une bouteille d'huile de noix de coco et lui massai le dos, assis à côté d'elle, en faisant une courte prière, comme je l'avais vu dans mes rêves.

Ensuite, je pris ses mains dans les miennes et lui demandai de se lever.

Sans aucune assistance, elle s'assit sur son lit et se mit debout sur le sol.

Quand elle fut debout, je lui ordonnai fermement de marcher et, devant les yeux émerveillés des assistants, elle marcha.

Ainsi commença mon apostolat de guérisseur. »

Sa réputation grandit très vite et, des barrios avoisinants, les malades commencent à affluer, au grand dam d'Alex.

Il a seize ans, plein de projets en tête, et aucune envie de devenir guérisseur.

Non seulement c'est un travail difficile et pavé d'ingratitude, pense-t-il, mais en plus, ça ne rapporte rien... A soigner des pauvres toute la journée, on récolte surtout leur vermine... et leurs plaintes, quand ça ne va pas assez vite.

Enfant de pauvres, Alex veut s'élever dans l'échelle sociale et quitter la condition humiliante de métayer.

Un jour, sans rien dire à personne, il décide de tout abandonner et quitte sa province.

Sous le nom d'emprunt de Joseph Viloria, il se déplace d'île en île, où il est à tour de rôle marchand de journaux, cireur de chaussures, conducteur de jeepney et, finalement, photographe.

Dans l'exercice de ce dernier métier, il découvre un phénomène étrange :

Quand, pendant une prise de vues, il se concentre intensément sur le sujet, la photo révèle souvent, au développement, l'aura autour du sujet sous forme d'un halo lumineux.

Mais, à part ces réminiscences de ses pouvoirs paranormaux, Alex est heureux de son existence. Il gagne bien sa vie, ce qui n'était pas le cas quand il guérissait les gens de sa banlieue.

Et s'il n'y avait eu que l'argent... mais la plupart du temps, il n'entendait plus jamais parler de ceux qu'il avait guéris : les Philippins considéraient leur guérison comme un dû, et le guérisseur comme un marabout à leur service, à titre bénévole.

C'est pourquoi Alex se sent bien dans sa peau de photographe.

Il se laisse pousser la moustache, pour ne pas être reconnu, et, protégé par sa fausse identité, s'apprête à couler des jours heureux.

Mais les événements suivent rarement le cours des projets; surtout aux Philippines, où tout le monde se sent dans la main de Dieu.

Des pressions spirituelles, des forces occultes commencent à s'exercer sur lui.

Pendant plusieurs mois, des rêves étranges troublent sa conscience. Des voix, entendues clairement pendant ses insomnies, lui demandent de retourner chez lui, de se remettre au service des autres et de recommencer à soigner les pauvres.

Nuit après nuit, insomnie après insomnie, le sens de sa mission s'affine et se précise. Alex s'épuise dans une lutte inutile contre des forces supérieures.

Au bout d'un mois d'un combat sans espoir, il tombe gravement malade et reste plusieurs jours entre la vie et la mort.

Profitant d'une rémission, il s'éloigne de son nouveau domicile pour mettre encore plus de distance avec son village natal.

La maladie s'abat à nouveau sur lui, en même temps que les voix se font plus pressantes.

Elles lui font clairement comprendre que sa maladie est le résultat de son orgueil et que la guérison est directement liée à son obéissance.

Alors, Alex se soumet : il abandonne ses projets, l'idée d'une vie normale... celle d'un jeune homme de vingt-deux ans.

Il rentre chez lui.

Plus il se rapproche de sa province, et plus la maladie s'éloigne, puis il récupère son énergie.

Quand il franchit le seuil de sa maison, il est complètement guéri.

Depuis ce jour, il voue son existence au service des autres, à travers les guérisons spirituelles.

Vincent :

J'ajouterai ceci :

Après vingt années d'apostolat à Manille et dans le monde entier où sa réputation l'a fait voyager, après avoir opéré quatre ou cinq cent mille personnes et sauvé de la mort des milliers d'entre elles, Alex est resté aussi simple et aussi gentil.

Bien sûr, il a une maison à Cubao, une vieille Mercedes, un petit chalet à Baguio, et il gagne très confortablement sa vie.

Il ne nous viendrait pas à l'idée de reprocher à notre cardiologue sa Porsche et ses vacances à Megève.

Il redistribue la plus grande partie de ses gains entre tous ceux qui le suivent ou l'assistent et a pris en charge, en plus de sa famille, celles de sa sœur et de ses frères.

Il travaille dix-huit heures par jour, vit modestement et, depuis vingt ans, n'a jamais failli à sa promesse :

Les pauvres trouvent toujours sa porte ouverte et bénéficient de sa compassion et de ses dons de guérisseur.

Qui peut-il soigner ?

A travers notre expérience et celle de témoins sérieux, nous avons pu rencontrer, directement ou indirectement, un certain nombre de malades.

L'éventail de ses possibilités semble très vaste : cela va des cancers avancés à de simples kystes ou tumeurs bénignes, des problèmes oculaires aux migraines, des hémorroïdes à l'asthme, des engorgements d'organes aux calculs biliaires ou rénaux.

Toutes les maladies ne sont pas traitées par une chirurgie à mains nues, bien que cela semble la pratique la plus courante.

Parfois, il se contente d'un traitement magnétique, ou effectue des massages adoucis avec de l'huile de coco.

Comment opère-t-il ?

Tout d'abord, il regarde à peine, ou pas du tout, le malade. Sa vision semble plus intérieure, et son approche totalement intuitive.

Il promène parfois ses mains sur le corps jusqu'à la localisation exacte de la zone affectée.

Il fait un mouvement de doigt qui griffe légèrement la peau et s'introduit dans le corps, comme s'il y avait une dématérialisation partielle.

En même temps, le sang coule de la plaie ouverte : souvent abondamment. On entend alors très clairement des bruits de succion pendant que ses doigts pénètrent dans le corps.

Ses doigts recherchent activement les substances à retirer qui donnent l'impression de se matérialiser dans la plaie, à proximité de ses doigts.

Puis, il extrait ces concrétions, parfois molles et filandreuses, parfois bien formées. Noires ou brunes le plus souvent, il leur arrive d'être blanchâtres. Elles sont parfois dures et d'aspect cartilagineux.

L'ouverture est rarement visible.

En effet, Alex appuyant assez fort, ses doigts créent une dépression qui se remplit en général de sang. En revanche, ce qu'il retire peut très facilement être observé, ainsi que toute la séquence de l'extraction elle-même.

A notre avis, il n'y a aucune équivoque possible quant à l'origine de ce qui sort des plaies.

Mais, encore une fois, nous ne sommes pas des spécialistes, et ne pouvons rapporter que ce que nous voyons.

D'autres études ont été effectuées en Suède sur le cas d'Alex, en Allemagne et en Grande-Bretagne. Sous des conditions rigoureuses, il a répété ses interventions sans que l'on ait pu déceler la moindre supercherie. On n'a pas plus, d'ailleurs, fait avancer la compréhension scientifique du phénomène, à ces différentes occasions.

Je sais parfaitement qu'à trop vouloir prouver on ne convainc personne, et surtout pas ceux dont le siège est fait.

Assis bien au chaud sur l'édifice conservateur des connaissances acquises, ils entendent bien qu'aucun trublion ne vienne déséquilibrer ce monument et en saper les fondements.

En 1974, Alex, sans doute lassé par les suspicions permanentes et renouvelées dont il faisait l'objet, pensant opposer une réponse scientifique à ses détracteurs occidentaux, accepta l'offre d'un groupe d'acupuncteurs suédois à se rendre en leur pays pour y subir une série de tests.

Le docteur Stefan Kosic, organisateur de cette confrontation, avait prévu deux types de vérifications.

Sur Alex, tout d'abord, en tant qu'individu, et sur la réalité de ses interventions.

Pendant quinze jours, Alex fut soumis à l'examen le plus détaillé et le plus complet qui ait jamais été effectué sur un guérisseur philippin.

Les scientifiques suédois voulaient établir ce qui le rendait différent des autres hommes et, partant, découvrir l'origine physique ou psychique de ses pouvoirs.

Les enquêteurs occidentaux, suédois ou autres, pèchent toujours par le même blocage.

Ils veulent analyser et démontrer l'existence ou la non-existence de la chirurgie psychique par la science matérialiste. Une science qui traite uniquement de l'univers physique et qui ne reconnaît pas l'existence des événements hors du matériel ne peut évidemment pas apporter de réponse à une manifestation qui, de l'aveu même des acteurs, fait entrer en jeu des entités immatérielles et la foi religieuse.

Quoi qu'il en pensât alors, Alex se soumit de bonne grâce à la batterie de tests proposés.

Il a raconté cette expérience traumatisante à un journaliste philippin.

« Ils m'ont d'abord truffé d'instruments électriques reliés à des électrodes fixées en différents points de mon corps et de ma tête. Puis, ils m'ont envoyé de légers chocs électriques pour analyser mes réactions.

On a pris ma tension, fait plusieurs électrocardiogrammes et encéphalogrammes... ils ont même analysé la composition de ma transpiration.

Ils ont examiné mes yeux, mes oreilles, mon sang, mes urines et, en utilisant l'effet Kirlian, ils ont mesuré mon rayonnement énergétique, et l'aura entourant mes doigts avant, pendant et après une opération à mains nues.

Certains chercheurs envisageaient même de déterminer si je possédais les caractéristiques humaines fondamentales et si je ne venais pas – pourquoi pas ? – d'un autre monde.

Quand j'ai entendu ça, je me suis fâché. Je leur ai dit que j'étais comme tout le monde : je fume des cigarettes, je ris, je pleure, je souffre et j'aime comme n'importe quel être humain.

Lors des interventions qu'ils m'ont demandé de pratiquer, ils allaient jusqu'à examiner ma bouche, mes dents et mes oreilles pour s'assurer que je ne dissimulais aucun instrument... »

Alex explique qu'il s'est laissé tripoter et examiner comme veau aux comices agricoles, pour prouver aux scientifiques étrangers qu'il était un vrai guérisseur.

Alex étant un homme à l'esprit curieux, il était également intéressé par les résultats de cette investigation pour son propre compte.

Il aurait beaucoup apprécié que la science lui donnât une réponse claire et une explication rationnelle à ses pouvoirs de guérisseur.

D'une part, afin de lui permettre de se mieux connaître, et aussi pour être mieux accepté par le public et les représentants sceptiques de la médecine et de la science traditionnelle.

A l'issue de cette expérience traumatisante pour lui, Alex se jura bien de ne plus se laisser décortiquer à nouveau par qui que ce soit, d'autant plus que les éléments recueillis au cours de cette investigation n'apportèrent aucune réponse scientifique indiscutable qui aurait permis d'expliquer les pénétrations et matérialisations auxquelles se livrait Alex.

La seule conclusion des scientifiques, en dehors de

toute explication rassurante, fut un constat d'incompréhension et un témoignage :

Tout ce que faisait Alex Orbito était réel et effectué sans aucun trucage... quant à expliquer, par la science, qu'elle soit électrique, magnétique, physique des quanta, unipolarité ou toute autre, le phénomène physique auquel obéissait l'événement décrit, ils n'avaient pas le plus petit élément de raisonnement à proposer.

Ce qu'ils avaient vu et décrit n'appartenait pas à une catégorie scientifique connue à cette heure.

L'année précédente, un groupe de scientifiques occidentaux, regroupant des médecins, des physiciens et des spécialistes de parapsychologie, dirigé par le docteur Sigrun Seutemann, était venu aux Philippines se livrer à une observation critique de plusieurs guérisseurs; parmi ceux-ci, Alex Orbito.

Ils avaient photographié, observé, interviewé des malades et des témoins, et à l'issue de cette session, avaient publié le témoignage suivant :

« Durant notre séjour aux Philippines, nous, les soussignés, avons, individuellement ou en petits groupes, observé les activités de plusieurs guérisseurs.

Chacun de nous, en tant qu'individu, et pas au nom de quelque organisation que ce soit à laquelle nous sommes rattachés, confirme ici que les phénomènes psychokinétiques observés pendant les guérisons :

ne mettent en œuvre aucune fraude,

n'utilisent pas d'anesthésie,

n'utilisent ni scalpels ni rasoirs, ou tout autre instrument pour ouvrir les corps, s'effectuent entre une et dix minutes,

autorisent, dans la plupart des cas, le guérisseur et le patient à demeurer en habits de ville sans précaution spéciale pour créer ou maintenir des conditions stériles,

semblent ne causer aucune souffrance, ni même aucune gêne au patient,

laissent l'opéré exempt de tout choc opératoire.

Il n'était pas dans les vues de cette investigation de démontrer la réalité médicale de la guérison spirituelle. Une telle appréciation supposant une période de surveillance beaucoup plus étendue avec une étude et une évaluation de l'état du patient avant et longtemps après l'intervention du guérisseur.

N.B. : Deux des soussignés opinent qu'ayant eux-mêmes bénéficié d'interventions de " guérisseurs de la foi " lors de séjours précédents aux Philippines, il y a eu, en ce qui les concerne, guérison effective.

Il est de notre avis qu'aucune théorie ou combinaison de théories acceptées aujourd'hui, ne peut à ce point de notre étude, fournir une explication scientifique acceptable des phénomènes observés.

Signé :

B. Kirchgassner, ingénieur physicien allemand.

M. McCausland, conseiller technique de la fédération des guérisseurs de Grande-Bretagne.

G.N. Meek, ingénieur et chercheur en physique à la « Life Energies Research Inc » à New York.

Dr H. Naegeli, Suisse, président de la société suisse de parapsychologie.

Dr W. Schiebeler, physicien allemand.

Dr S. Seutemann, physicien allemand.
Donald G. Westerbeke, biochimiste américain.
Dr Alfred Stelter, professeur de physique et de chimie allemand.

Nous pourrions multiplier les témoignages et sans doute les multiplier dans l'autre sens.

Il y a tant de charlatans, et si peu de guérisseurs sincères, que nous rencontrerions peut-être plus de malades abusés que de miraculés.

Là n'est pas notre propos.

Nous écrivons surtout ce livre comme un témoignage vécu dans nos corps et vu par nos yeux sans prétendre faire œuvre de journalistes.

Revenons donc à Alex, et à ce que nous voyons.

Pendant l'opération, la main gauche d'Alex reste toujours au contact de la peau.

D'après lui, cette main contrôle l'énergie du corps matériel et l'autre celle du corps spirituel.

S'il retirait sa main gauche, il y aurait risque d'infection et le sang coulerait sans interruption.

Il est bien évident que de telles explications ne constituent pas des preuves scientifiques convaincantes.

Pour les sceptiques, cette main gauche servira essentiellement à dissimuler un petit instrument pour inciser la peau.

Si c'était le cas, comment expliquerait-on l'absence de cicatrice après la fermeture de la plaie ? La seule marque rouge, due à la trituration de la peau, s'efface totalement au bout d'une à deux heures, selon la souplesse et la fragilité de l'épiderme.

Que fait-il réellement ?

Laissons Alex expliquer lui-même ce qu'il éprouve pendant ses « séances de guérison » :

« Quand je vois la foule des malades qui attend d'être débarrassée de ses souffrances : mon cœur se remplit d'amour, de pitié et de compassion.

Je me concentre totalement, et je prie Dieu de faciliter en moi le passage de Son pouvoir de guérison. Je prononce alors un mot secret qui m'a été révélé par mon guide, mon ange gardien, comme disent les enfants, mon compagnon de l'au-delà; celui dont la voix inlassablement m'a remis dans le chemin de ma mission.

Je suis un homme nouveau : je suis sanctifié et n'ai soudain plus que des pensées d'amour pour mes frères souffrants.

A cet instant, je ne me considère plus comme un petit homme borné, mais comme le chemin de l'Énergie spirituelle.

Je sens un froid étrange m'envahir, suivi immédiatement d'une impression de chaleur... Je suis alors complètement habité par l'Esprit Saint qui me donne confiance, et l'assurance absolue que tous mes mouvements viennent de Lui qui guide mes mains.

Quand je place mes paumes sur le corps du malade : je sens l'Énergie irradier de mes doigts en une intense vibration qui stimule les cellules du malade dans la partie affectée.

Dans cet état, je ne suis pas vraiment moi-même : il y a une autre volonté, un autre esprit qui me dirige. Cette vibration, cet esprit sont si puissants qu'ils rendent perméables mon corps et celui du patient, et matérialisent les tissus affectés, me permettant de les extraire. Ma main, à ce moment, est comme un pôle magnétique qui attire les parties malades.

La plupart du temps, l'Énergie émise par mes mains se combine et se mêle à celle du patient : revivifiant les cellules des parties affectées. Quand cela arrive, je peux physiquement sentir le malade guérir instantanément.

Cette Énergie, canalisée à travers mon corps, n'est cependant pas sans limites : elle dépend de ma concentration et, par là même, de mon énergie propre.

Quand elle est épuisée, après un grand nombre d'interventions, je retourne à mon humble condition.

C'est au point que je ne conserve, en général, aucun souvenir de mes opérations et des gens que j'ai opérés, si je ne les rencontre pas en dehors de chez moi.

Quand nous voulons faire préciser à Alex le phénomène physique qui lui permet d'ouvrir les corps sans dommages, il nous propose cette fantastique explication :

« Ce n'est pas moi qui ouvre les corps : c'est l'Esprit. Quand je suis complètement envahi par l'Énergie spirituelle, c'est elle qui se substitue à moi.

Chaque cellule humaine comporte une infime partie de l'Esprit qui nous anime, avec lequel elle est en liaison.

Quand mon esprit est en parfaite harmonie avec

l'Esprit supérieur, mes mains émettent une énergie plus puissante que celle qui lie les cellules, et ouvrent le passage à cette force supérieure. »

Selon Orbito, des médiums peuvent également ouvrir des corps et matérialiser, mais ils sont incapables de guérir.

Pour cela, il faut un degré élevé d'initiation et de connaissance spirituelle.

Il convient de rappeler qu'Alex Orbito n'a aucune culture scientifique : la plupart de ses explications sont tout à fait empiriques ou intuitives.

En résumant, Alex pense que Dieu l'a choisi comme médium pour Son pouvoir.

Il ne prétend pas plus donner une explication scientifique à ses interventions qu'un prêtre au mystère de l'Eucharistie.

Mais, comme c'est un homme de grande ouverture intellectuelle (ce qui n'est pas le cas de tout le monde...), il admet volontiers la possibilité future d'expliquer, et même de reproduire scientifiquement, ces guérisons « miraculeuses ».

Quant à apprécier l'efficacité réelle des opérations réalisées par Alex, il y a plusieurs façons d'appréhender le problème.

On peut, on aurait pu sans doute, réunir les témoignages de dix, vingt ou cinquante « miraculés » : compiler leurs dossiers médicaux « Avant-Après », et rédiger une liste de témoignages, remerciements, avec adresses, curriculum vitae, ex-voto, etc.

Cela ne nous a semblé ni intéressant, ni décent.

Quant à l'accusation, souvent entendue, de dissimuler des foies, des rates ou d'autres viscères de poulet et, par une manipulation habile, de les faire apparaître comme s'ils émanaient du corps du patient, elle ne tient pas plus; si ce n'est dans le cas des charlatans dont nous avons parlé.

Un illusionniste très doué a prétendu qu'il ne s'agissait que de tours de passe-passe. Il a également reproduit un simulacre d'opération semblable à celles que pratiquent les chirurgiens aux mains nues.

Il peut évidemment en donner l'illusion... à deux petites différences près :

Il ne pénètre pas dans le corps du patient et, surtout, ne lui apporte pas le moindre soulagement.

Il ne fait, en somme, ni mieux ni moins bien que la kyrielle de charlatans qui, aux Philippines ou ailleurs, exploitent la misère humaine.

Est-il allé lui-même sur place? Je ne le sais pas.

A-t-il rencontré un vrai guérisseur philippin? Je suis persuadé du contraire.

Tout événement étonnant, déstabilisant, génère quantité de détracteurs, de destructeurs en mal de publicité, en manque de plateaux de télévision. Par leur jargon ou leur dextérité manuelle, ils s'emploient à détruire, à nier, à ramener les espérances les plus belles au niveau des plus sordides calculs.

Les sordides... ce sont eux.

Eux les frustrés, les prisonniers de leur scepticisme froid.

Eh bien, tant pis!

Tant pis pour eux, surtout.

Qu'ils lisent ce récit, qui est notre témoignage, en toute simplicité.

Alex est ce qu'ils voudront bien qu'il soit. Peu nous importe.

Ceux qui souffrent, qui croient ou qui doutent, ceux qui espèrent, sauront reconnaître ce que cette histoire leur apporte, ce que nous avons ressenti en nos fibres les plus intimes.

Aux imprécations des esprits forts, aux condamnations des sceptiques, nous préférons la joie de la santée recouvrée, et la sérénité du bonheur.

Nous avons vu Alex pratiquer des centaines d'interventions : à l'hôtel, dans n'importe quelle chambre, avec pour tous adjuvants les Kleenex et le verre à dents de la salle de bain; chez lui où plus de cent personnes sont opérées à la queue leu leu en plein jour, en pleine lumière.

Pour nous, il ne peut y avoir aucun doute sur la réalité de l'intervention, s'il y a toujours interrogation sur la finalité.

Nous voulons simplement témoigner de ce qui nous est arrivé et de ce que nous avons vu : sans vouloir convaincre qui que ce soit.

Ceux qui étaient fanatiquement hostiles au début de ce livre, le seront sans doute à la fin... s'ils vont jusque-là.

Ceux qui sont ouverts y trouveront des raisons d'espérer, et peut-être une réponse à leur angoisse.

Nous avons simplement voulu relater une merveilleuse aventure :

Confrontés à un monde conformiste et conservateur, noyés dans un océan de diagnostics incertains, nous avons choisi une voie sans classification scientifique claire : nous l'avons suivie jusqu'à son aboutissement logique, et Charlotte est revenue guérie. C'était il y a sept ans : elle va merveilleusement bien.

Je ne sais pas exactement ce que fait Alex.

Fait-il disparaître les conséquences ou les raisons de la maladie ? Dynamise-t-il le corps pour qu'il s'en charge lui-même ? S'agit-il de guérison psychosomatique ou physique ? Y a-t-il une explication scientifique rassurante ? Qu'en pense l'Église ? L'Académie des sciences ? Le Quai d'Orsay ? Ma concierge ?

Je n'en sais rien :

Je ne sais qu'une chose... belle comme un soleil de printemps à la sortie d'un long hiver blême :

Le rire de Charlotte chante dans la maison, comme une cascade, comme une promesse... Le bonheur n'a pas besoin d'autres explications, d'autres preuves.

Le bonheur a réponse à tout.

CHAPITRE XI

En forme de conclusion

Vincent :

Je crois avoir seulement compris quel épisode ahurissant de notre vie venait de se dérouler, en voyant Charlotte arpenter d'un pas décidé la rue Maryland à Cubao.

Quelques instants après une opération du cerveau, elle aurait dû être en réanimation : sous monitoring, envahie de tuyaux, de capteurs, emberlificotée de fils; perfusée, sondée, analysée, intubée et dûment ficelée sur son lit.

Elle aurait dû, traumatisée par le choc opératoire, observer une longue convalescence, puis subir une pénible rééducation, en espérant que l'intervention n'avait pas eu de conséquences désastreuses sur son intégrité intellectuelle ou psychomotrice.

La famille, inquiète, serait venue chuchoter autour de son lit, et harasser de questions le malheureux interne de service.

Et là... elle marche, quelques mètres devant moi, oubliant déjà que, cinq minutes auparavant, Alex lui enfonçait les doigts dans le crâne.

Pour moi, au-delà de toute polémique, de toute

preuve, expertise ou croyance, c'est la justification : le premier miracle et aussi, la première révélation.

Qu'un homme puisse briser les barrières du tangible, dépasser les lois physiques qui conditionnent notre existence pour rendre une jeune femme à la joie de son existence, pose énormément de questions et fournit peu de réponses.

Surtout si l'on cherche ces réponses dans les ukases de la science matérialiste, ou les interdits de la médecine occidentale.

Peut-être manquons-nous seulement de patience, et les savants de demain auront-ils des réponses scientifiques à nous apporter ?

Mais si, au lieu de chercher des réponses, nous sommes prêts à en accepter une seule, tout devient différent :

Si nous admettons l'existence d'un Tout dont nous ne constituons que l'élément, d'une Lumière immense dont nous ne sommes qu'un photon, nous n'avons plus besoin de preuves; il nous suffit d'un peu de Foi.

Et pour moi s'illumine la deuxième révélation, l'autre évidence : Nous ne sommes pas seuls. Notre corps n'est pas seulement chair et sang. L'Esprit est partie de la matière qu'il transcende, comme il anime notre corps périssable.

Voilà, nous avons écrit ce que nous voulions raconter. Cette aventure n'a pas été seulement le point final d'une maladie, elle a également été le point de départ d'une vie nouvelle, d'une nouvelle approche.

En rédigeant ce livre, nous n'avons rien cherché à

prouver... Nous en serions bien incapables. Nous avons seulement voulu témoigner, faire part d'une autre réalité, d'une autre espérance.

Nous n'avons rien à vendre, ni l'intention d'ouvrir une agence charter vers les Philippines.

Alex n'a nul besoin de publicité. Serait-il reconnu par la communauté internationale et intronisé docteur honoris causa qu'il ne pourrait opérer un malade de plus.

Nous espérons seulement que ce témoignage aidera quelques personnes à retrouver le chemin de la santé, mais aussi, mais surtout, celui de l'Espoir.

Nous ne sommes pas seuls. Derrière la porte, si on écoute attentivement, on peut entendre venir Quelqu'un.

Charlotte :

Sept années se sont écoulées depuis le premier voyage à Manille. Le bouleversement subi pendant ma maladie et au cours de ma guérison a étendu ses vagues sur toute cette période.

Les certitudes terriennes sur lesquelles reposait mon enthousiasme de manager créatif ont fait place à des interrogations métaphysiques, à des doutes et enfin... à d'autres certitudes sur un plan plus élevé.

Parmi elles : ma transformation de femme d'action en femme de réflexion.

Comme si la détention d'une énergie exceptionnelle et sa consommation permanente en une activité tous azimuts occultait des valeurs plus essentielles.

Pendant des années, entraînée par une mécanique bien huilée, j'ai passé ma vie à bousculer la Vie, à aller de l'avant sans tellement regarder plus haut.

L'escale obligatoire que m'a imposée la maladie m'a obligée à tourner mes regards vers Ailleurs, à approfondir d'autres valeurs et à découvrir de nouvelles colonnes au temple de mon existence.

Mon énergie revenue s'emploie maintenant plus à

propos, vers des valeurs plus authentiques et plus éternelles.

Je ne souhaite pas, bien entendu, aux bien-portants qui ne se posent pas de questions, de rencontrer la maladie grave pour commencer à s'interroger... Je suis persuadée qu'ils le feront un jour.

En revanche, je crois qu'il est possible d'anticiper la réflexion que nous impose souvent la vacuité de la retraite.

Faire cette découverte merveilleuse aux portes de la vieillesse est un pis-aller...

C'est en pleine jeunesse, en pleine énergie qu'il faudrait prendre en compte cette nouvelle dimension de la vie, alors que l'on dispose encore des moyens d'agir, de convaincre et de « bâtir ».

Il faut que l'œil se pose, que le voyageur s'arrête un instant pour englober la réalité que son mouvement permanent lui dérobe.

Il y a peut-être plus de valeurs et de richesses à retirer d'une épreuve vécue positivement que d'une joie trop vite consommée dans l'agitation de la vie.

Nous avons longuement hésité avant de raconter notre histoire, bloqués par une pudeur qui nous avait toujours empêchés d'aborder en public des sujets touchant à notre vie intime, à notre domaine réservé.

De retour de ce voyage incroyable, nous n'en avions parlé qu'à nos familles et aux amis les plus proches.

D'abord, cela nous concernait très directement et puis, nous ne voulions pas affronter le scepticisme des uns et peut-être les ricanements des autres : nous ne voulions pas laisser abîmer – ou même salir – une aussi belle histoire.

Parler de celle-ci en milieu médical aurait déclenché un phénomène de rejet que nous ne tenions ni à susciter ni à affronter.

Ainsi, au fil des années, cette merveilleuse aventure devenait un épisode de notre saga, un souvenir chaleureux que l'on évoque seulement parmi les siens et ceux que l'on s'est choisi.

Puis, il y a eu Xavier...

Vincent l'avait connu enfant, ainsi que toute sa famille... Sa sœur appelait au secours : Xavier se mourait.

Profondément atteint par un cancer du péritoine, opéré, irradié et chimiothérapié, il ne lui restait plus qu'à affronter le dernier passage.

Les meilleurs spécialistes lui avaient prodigué leurs soins et, les limites actuelles de la science atteintes, avaient énoncé leur sentence.

Il lui restait un ou deux mois à vivre.

Si l'on peut appeler cela vivre.

Xavier est parti à Manille; il y a été opéré et il en est revenu.

Dix-huit mois se sont écoulés depuis, et Xavier vit toujours.

Alors, la dimension de notre histoire a changé.

Grâce au réseau des complicités familiales ou amicales, nous avions pu aider ce garçon et peut-être le sauver.

Mais il y avait d'autres Xavier, et d'autres désespoirs. Il y avait, au-delà de notre cercle, tous ceux que nous ne connaissions pas et qui nous ignoraient tout autant.

Finalement, nous avons décidé d'utiliser la clé que nous conservions depuis sept années et d'ouvrir cette porte sur l'espoir à tous ceux qui, au fond de la maladie et de la douleur, ont perdu l'espérance.

Nous avions été deux témoins, deux acteurs d'une aventure incroyable et belle... il fallait que nos deux voix s'en fassent l'écho.

Lorsque nous avons débarqué à Manille, Vincent était vif et bien portant, j'étais dolente et assommée; nos regards n'ont pas vu les mêmes choses, ressenti les mêmes émotions.

Aux portes de l'inimaginable, chacun se devait d'être le censeur de l'autre, mais aussi sa mémoire, son garde-fou.

C'est pour cela que nos deux histoires se mêlent et se

croisent, pour cela que notre récit se dit à deux voix.

Ce sont les facettes différentes d'une aventure très belle que nous dévoilons.

Nous espérons qu'elles brilleront pour vous comme elles continuent de le faire pour nous.

Pour que tout ne s'achève pas une fois ce livre refermé, nous avons décidé de verser une part de nos droits d'auteur à une association que nous créons : « Les Portes de l'espoir ».

Les fonds recueillis, par ce moyen ou par d'autres, permettront d'établir une liaison entre Alex et les plus démunis de ceux qui mettront leur espoir en lui.

Les courriers concernant « Les Portes de l'espoir » peuvent être adressés aux bons soins des Éditions Grancher, 98 rue de Vaugirard 75006 PARIS.

Charlotte Vincent

Cet ouvrage a été réalisé sur
Système Cameron
par la SOCIÉTÉ NOUVELLE FIRMIN-DIDOT
Mesnil-sur-l'Estrée
pour le compte des Éditions Fixot
64, rue Pierre-Charron
en août 1988

Imprimé en France
Dépôt légal : mars 1988
N° d'impression : 8340